H. G. KONSALIK

Ninotschka, die Herrin der Taiga

Konsalik

Ninotschka, die Herrin der Taiga

BASTEI LÜBBE

1. Auflage 1973
2. Auflage 1974
3.– 5. Auflage 1975
6.– 7. Auflage 1976
8.–10. Auflage 1977
11.–12. Auflage 1978
13.–14. Auflage 1979
15.–17. Auflage 1980
18.–19. Auflage 1981
20.–21. Auflage 1982
22. Auflage 1983
23. Auflage 1984
24. Auflage 1985
25. Auflage 1987
26. Auflage 1988

Herausgeber: Bastei-Verlag H. Lübbe,
Bergisch Gladbach
Printed in Western Germany 1988
Einbandgestaltung: Manfred Peters, Köln
Gesamtherstellung: Ebner Ulm
Titelfoto: Jacques Alexandre, Köln
ISBN 3-404-14009-5

Der Preis dieses Bandes versteht sich einschließlich
der gesetzlichen Mehrwertsteuer

I

Ninotschka Pawlowna Koschkina probierte ihr Brautkleid an. Sie war eine schöne Braut, hochgewachsen, mit langem, schwarzem Haar, tiefblauen Augen und dem zarten Gesicht einer Puppe aus Meißner Porzellan.

Wer sie so ansah in dem langen weißen Kleid aus französischer Seide, das mit Perlen und Halbedelsteinen bestickt war, glaubte nicht, daß sie reiten konnte wie ein Kosak, eine Troika lenken und mit der schweren Reiterpistole schießen, als wäre sie als Jägerkind in den unendlichen Wäldern im Osten aufgewachsen.

»Du bist ein halber Junge«, sagte Pawel Michailowitsch Koschkin oft. Er war stolz auf seine einzige Tochter. Er hätte sie am liebsten in Watte gewickelt. Vier Leibeigene waren allein dazu da, Ninotschka bei jedem Schritt zu bewachen, und außerdem hielt sich der Graf einen eigenen Arzt, der das Töchterchen jeden Tag untersuchte und sonst nichts anderes zu tun hatte, als zu warten, ob Ninotschka hustete, ungewöhnlich rote Wangen bekam oder mehr als sonst üblich ihr Taschentuch benutzte.

Koschkin konnte sich diesen Luxus leisten. Er galt neben den Trubetzkois, Galitzins und Stroganoffs als einer der reichsten Männer Rußlands. Er besaß riesige Ländereien zwischen Moskau und Nowgorod, war Herr über zweitausend Leibeigene mit sieben Dörfern und sogar einem Bischofssitz und lebte in St. Petersburg in einem Palais an der Newa mit Blick auf den Winterpalast des Zaren und die Admiralität. Außerdem war Graf Pawel Michailowitsch Mitglied des Staatsrats, Kammerherr und einer der Befehlshaber des zaristischen Pagenkorps.

Es war im Jahre 1824 gewesen, als der Gardeleutnant Borja Tugai in Ninotschkas Leben getreten war. Im Sommer war es gewesen. Man war in einem flachen großen Boot auf den Finnischen Meerbusen hinausgefahren — eine fröhliche Fahrt unter Sonnensegeln und mit einem Personal von zwei Dutzend Leibeigenen. Man hatte den ganzen heißen Tag auf dem Wasser bleiben und die herrliche Silhouette von St. Petersburg genießen wollen, als ein Vorfall den sonst so ruhigen Sonntag unterbrochen hatte.

Ein kleines Segelboot hatte schon seit geraumer Zeit das Schiff des Grafen Koschkin verfolgt, es überholt und war dann vor dem Bug gekreuzt. Und ein junger Mann mit wehendem blondem Haar hatte hinüber zu Ninotschka gewinkt. »Welch ein frecher Kerl!« hatte Graf Koschkin geschimpft. »Schneidet uns den Weg ab! Alle Segel gesetzt und alle Ruderer ins Geschirr! Wir wollen es ihm geben!«

Man braucht nicht lange zu raten, wie es zu Ende ging. Das Boot des Grafen Koschkin hatte das kleine Boot gerammt, der junge Mann war ins Meer gesprungen, bevor er unter den Kiel des breiten Schiffes geriet, und die Leibeigenen hatten ihn aus dem Wasser gefischt.

»Gardeleutnant Borja Stepanowitsch Tugai«, hatte sich der nasse Fremde dem Grafen Koschkin vorgestellt. »Es ist mir eine Ehre, von Euer Hochwohlgeboren versenkt worden zu sein.«

»Ein Kavallerist gehört auf ein Pferd und nicht auf ein Boot«, hatte Koschkin erwidert. Hinter ihm war das helle Lachen Ninotschkas ertönt, und dieses Lachen war für sein Vaterherz so wundervoll gewesen, daß aller Zorn verflogen war. »Wenn Sie so miserabel reiten wie Sie segeln — armer Zar!«

Es stellte sich heraus, daß Leutnant Tugai in Wirklichkeit kein sehr guter Segler war. Eigentlich hieß er Berthold Freiherr von Thorgau, und sein Vater besaß in Riga ein großes Handelshaus. Wie viele deutsche Offiziere im Osten war auch Berthold von Thorgau in die zaristische Armee eingetreten und hatte seinen Namen der russischen Sprache angepaßt.

Auf diese Erklärung hin hatte sich Koschkins Zorn noch mehr gelindert. Die Handelsschiffe der Thorgaus und der Koschkins begegneten sich ständig in den Häfen rund um die Ostsee, ein paarmal hatte der Graf sogar mit Baron von Thorgau korrespondiert, und nun stand dessen Sohn tropfnaß auf Deck und küßte Ninotschka die Hand.

»Ich wollte Sie kennenlernen«, hatte er dabei leise gesagt. »Eine andere Möglichkeit gab es nicht. Eine Festung ist leichter zu erobern, als in das Palais der Koschkins zu kommen. Verzeihen Sie mir diesen Streich?«

So hatte Ninotschka den fröhlichen Borja Stepanowitsch kennengelernt. Zu Ostern des nächsten Jahres hatten sie sich verlobt, und jetzt, am Neujahrstage 1826, sollte die Hochzeit sein. Ganz Petersburg wartete auf dieses Ereignis. In der Kathedrale Unserer Lieben Frau von Kasan übten schon die Chöre die feierlichen Gesänge, und die 136 korinthischen Säulen, die eine Kolonnade trugen, sollten mit den Hausfahnen der Familie Koschkin umkleidet werden.

Heute, am 14. Dezember 1825, kniete die Schneiderin Praskowja Philipowna vor Ninotschka, steckte hier eine Falte ab, änderte dort einen Spitzenwurf und bewunderte die schöne Braut.

Praskowja war eine ältere Frau mit einem breiten, gutmütigen Gesicht. Sie trug die einfache Kleidung der städtischen Handwerker, aber das täuschte. Ihr Schneideratelier galt als das beste von Petersburg. »Welch eine Zeit«, sagte Praskowja jetzt. »Der gute Zar Alexander – Gott nehme ihn ins Paradies – ist in Taganrog gestorben. Der Großfürst Konstantin soll nun Zar werden, aber da kommt sein jüngerer Bruder Nikolaus und will auch Zar werden.« Sie legte das Nadelkissen auf den Teppich und sah zu Ninotschka auf, die sich vor dem goldgerahmten Spiegel drehte. Ein sorgloses Prinzeßchen, das ihr Kleid bewunderte und an Borja dachte, an seine zärtlichen Worte, seine streichelnden Hände, seine leidenschaftlichen Küsse.

»Es soll einen Aufstand geben«, fuhr Praskowja fort. »Eine richtige Revolution. Oh, man hört viel, wenn man Schneiderin ist. Ein Geheimbund soll gegründet worden sein, eine Versammlung großer, bekannter Männer, Fürsten und Generäle. Und wissen Sie, was sie sagen: ›Jetzt ist es Zeit, loszuschlagen! Es lebe die Idee der Freiheit! Es lebe Menschenrecht und Menschenwürde, wie sie der Franzose Rousseau in seinen Schriften gefordert hat.‹ Können Sie sich vorstellen, Hochwohlgeboren, daß man Hunderttausende von Leibeigenen freiläßt und ihnen Bürgerrechte gibt?«

Ninotschka drehte sich um sich selbst. Der weite Rock ihres halbfertigen Hochzeitskleides flog um ihren Körper. »Ich verstehe nichts von Politik, Praskowja. Ich heirate . . .«

»Man sagt, die Verschwörer nennen sich Dekabristen – also ›Dezembermänner‹. Das hat etwas zu bedeuten, Hochwohlgeboren.« Praskowja erhob sich und strich sich eine graue Haarsträhne aus dem Gesicht. »Wir haben Dezember ... Bei allen Heiligen, es wird etwas geschehen in diesen Tagen! Fragen Sie Seine Gnaden, Leutnant Tugai, was er gehört hat.«

»Borja Stepanowitsch weiß nichts von einer Verschwörung.« Ninotschka setzte sich in einen breiten, mit Damast bezogenen Sessel. »Er hätte es mir sofort gesagt und meinem Vater auch. Alles nur Gerede, Praskowja. Der Streit der beiden Großfürsten um den Thron ist ein guter Nährboden für Gerüchte. Ob Nikolaus Zar wird oder Konstantin – was ändert das schon in Rußland!«

»Konstantin soll ein Schwächling sein und Nikolaus ein gestrenger Herr. Aber keiner wird so sein wie der tote Alexander I.«

»Kümmert's uns, Praskowja?« Ninotschka lehnte sich zurück und lächelte. »Ich heirate. Und am zweiten Januar reise ich mit Borja nach Riga ...«

Um die gleiche Zeit marschierten Tausende von Soldatenstiefeln durch St. Petersburg zur Admiralität und zum Winterpalast. Von allen Seiten kamen sie heran, umjubelt vom Volk, und rückten in geordneten Formationen zum Senatsplatz. Fahnen knatterten im Wind, die bunten Uniformen leuchteten in der kalten Wintersonne, Zeitungsjungen rannten durch die Straßen, schwenkten Sonderdrucke und schrien: »Das Manifest! Das Manifest!«

Die Blätter wurden ihnen aus den Händen gerissen, der Aufruf der ›Dekabristen‹ wurde von stimmgewaltigen Bürgern vorgelesen.

Aber gleich darauf kamen andere Jungen mit Gazetten, die den Text der Eidesformel auf den neuen Zaren Nikolaus I. veröffentlichten.

Währenddessen marschierten die Regimenter zum Senatsplatz. Nach einem Plan, den die Verschwörer – an ihrer Spitze Fürst Trubetzkoi – ausgearbeitet hatten, sollte das Militär im Handstreich den Zaren zwingen, dem Thron zu entsagen. »Es muß sein, als wenn man einen Stein ins Wasser wirft«, hatte Trubetzkoi bei der letzten entscheidenden Versammlung erklärt, »und Welle nach Welle breitet sich die Unruhe aus. Eines der ältesten Garderegimenter muß den Anfang machen. Es wird die anderen zögernden

Truppen mitreißen. Diese geballte Kraft wird ausreichen, Nikolaus und den Senat zu zwingen, unser Manifest anzunehmen und die provisorische Regierung auszurufen. Gelingt uns das nicht, dann gibt es für uns nur noch den Tod oder Sibirien.«

Das war vor ein paar Tagen gewesen. Jetzt marschierte das Moskauer Regiment — an der Spitze der Soldaten — mit aufgepflanztem Bajonett und dröhnendem Trommelwirbel. Brach nun eine neue Zeit an? Kam über Rußland die Freiheit?

Aber schon bald stellte es sich heraus, daß sich nur das Moskauer Regiment und ein paar Splittertruppen auf dem Senatsplatz eingefunden hatten. Nebel hatte die Sonne verschluckt; es war plötzlich klirrend kalt in Petersburg. Das fahle Weißgrau des Himmels schien die Stadt zu erdrücken. Plötzlich begannen auch noch die Glocken zu läuten. Anhänger der Dekabristen hatten die Kirchen besetzt und die Popen gezwungen, sich ans Glockenseil zu hängen. Noch nie — außer bei der Krönung des Zaren, an seinem Geburtstag oder einen großen Feiertag — hatten alle Glocken von Petersburg geläutet. Daß sie jetzt alle auf einmal dröhnten, war wie die Ankündigung eines Weltuntergangs — oder die Begrüßung eines neuen Anfangs. Wer wußte das in dieser Stunde?

Auf dem Senatsplatz formierte sich das Moskauer Regiment zu einem Karree und wartete auf die anderen meuternden Regimenter. Ein Teil der Verschwörer stand zusammen und beratschlagte. Sollte man schon losschlagen und den Winterpalast stürmen? Im Senatsgebäude war niemand, den man zu einer Anerkennung des Manifestes zwingen konnte, in der Admiralität verschanzte man sich. Und die Glocken dröhnten noch immer über Petersburg.

Zwei Stunden vergingen. Reiter wurden ausgeschickt zu den Kasernen der anderen Regimenter. Man wartete auf Verstärkung, doch sie traf nicht ein. Aber es erschienen auch keine gegnerischen Truppen, mit denen man endlich kämpfen konnte, um die Lage zu klären.

Ninotschka stand am Fenster hinter der dichten Gardine und blickte hinüber zum Admiralitätsgebäude. Praskowja, die Schneiderin, bekreuzigte sich, als aus der Ferne Pferdegetrappel ertönte und rasch näher kam. Eine Eskadron preschte heran. Vom Turm der Admiralität schlug eine Uhr. Zwei Uhr mittags war es.

»Kannst du etwas erkennen?« fragte Ninotschka und drückte das Gesicht gegen die kalte Fensterscheibe. »Ist es Borjas Regiment?« Ihre Stimme schwankte plötzlich. »Praskowja, sie werden doch nicht so dumm sein und aufeinander schießen? Kannst du etwas erkennen?«

»Nein, Hochwohlgeboren.« Die Schneiderin zog die Gardine wieder vor das Fenster. »Vielleicht ist dies alles auch nur eine Probe auf die große Vereidigung. Der gnädige Herr Graf wird alles berichten.« Sie machte sich wieder an Ninotschkas Kleid zu schaffen, aber ihre Hände zitterten so stark, daß sie keine Nadel mehr stecken konnte.

Praskowja hatte Borja Tugai erkannt. An der Spitze seiner Eskadron war er zu den Verschwörern galoppiert.

Und dann – kurz nach zwei Uhr – marschierten plötzlich neue Regimenter auf. Aber sie marschierten für den Zaren. Alle waren sie da und umzingelten den Senatsplatz. Das Finnische Regiment besetzte das Ufer der Newa. Das berühmte Ismailowsche Regiment schützte den Admiralitätsquai. Die Gardekavallerie – bis auf die Eskadron, die mit Leutnant Tugai zu den Verschwörern gestoßen war – schloß den Ring. Die Meuterer im Karree erstarrten. »Es wird Blut fließen«, sagte der Fürst Blensky zu Rylejeff. Rylejeff, einer der eifrigsten und glühendsten Aufrührer, war dauernd unterwegs gewesen, hatte Trubetzkoi gesucht, mit Offizieren in den Kasernen verhandelt, die Zaudernden zu überzeugen versucht. »Wir werden alle untergehen. Mein Gott, wir sind verraten worden!«

Leutnant Tugai war von seinem Pferd gesprungen und lief zu Blensky hinüber. »Das ist alles, was ich überreden konnte!« schrie er. »Eine Eskadron.« Er holte seine schweren Reiterpistolen aus den Satteltaschen und steckte sie in den breiten Gürtel. »In den Kasernen kursiert ein Ausspruch des zukünftigen Zaren Nikolaus: ›Wer meutert, erhält achthundert Stockschläge und wird lebenslänglich nach Sibirien verbannt.‹ Das reizt nicht zum Heldentum«.

»Und Sie?« fragte Blensky. »Warum sind Sie mit Ihren Reitern trotzdem gekommen?«

»Ich stehe zu meinem Wort, Exzellenz. Ich bin kein Feigling.«

»Und Ihre Braut? In siebzehn Tagen ist die Hochzeit, mein Geschenk für Sie ist schon gekauft.«

Tugai blickte zu Boden. »Bitte, Exzellenz, sprechen Sie jetzt nicht von Ninotschka Pawlowna. Sie wird mich verstehen — oder ich habe die falsche Frau geliebt.« Er grüßte, drehte sich schroff um und ging zurück zu seinen abgesessenen Reitern.

Nach drei Stunden, in denen sich die Truppen unschlüssig gegenüberstanden, weil niemand den Befehl zum Losschlagen geben wollte, kam endlich die Order von höchster Stelle: Zwei Abteilungen der Gardereiter stellten sich dem Karree der Verschwörer gegenüber auf, in einer Linie, bereit zur Attacke.

Fürst Blensky legte den Arm um Tugais Schultern. »Das sind Ihre Kameraden, Borja Stepanowitsch. Sie werden angreifen. Ihre Freunde, mit denen Sie die Nächte durchgetrunken haben. Ausgerechnet Ihre Garde ist die erste. Los, laufen Sie über! Noch können Sie sich retten.«

Tugai schüttelte stumm den Kopf. Er riß seine Pistolen aus dem Gürtel und spannte die Hähne. Säbel blitzten durch die eisige Luft, die lange Linie der Reiter setzte sich in Bewegung.

Die letzten Stunden eines falsch geplanten, von idealer Schwärmerei erfüllten und zu schnell ausgeführten Aufstandes hatten begonnen.

Geschütze feuerten in die Reihen der Aufständischen und spien Tod. Die Ordnung zerbrach. Um sich schießend, versuchten die Rebellen zu flüchten. Leutnant Tugai, sein Bursche Russlan Kolki und sein Freund, Leutnant Alexej Plisky ritten eine private, verwegene Attacke gegen ihre eigene Garde. Mit schwingendem Säbel in der Rechten, mit der Linken um sich schießend, galoppierten sie todesmutig in die Reihen der anderen Reiter.

Oberst Graf Larmentow hob die Hand, als er die drei Angreifer erkannte. »Durchlassen!« brüllte er. »Bildet eine Gasse!« Und leise fügte er hinzu: »Dieser Hitzkopf Tugai! Wir werden Mühe haben, daß er seinen Kopf auf den Schultern behält . . .«

Brüllend jagten Tugai, Kolki und Plisky heran, aber sie kamen nicht zum Kämpfen. Sie rasten in eine sich plötzlich bildende Gasse und starrten links und rechts in die wohlbekannten Gesichter ihrer Kameraden.

Mitten unter den Gardereitern riß Tugai sein Pferd herum. Auch die beiden anderen zügelten ihre Pferde. Langsam schloß sich vor ihnen die Gasse wieder, und eben so langsam ritt Oberst Graf Larmentow auf sie zu. Vor Tugai hielt er an. »Ihren Säbel, Borja Stepanowitsch. Sie Tor ... So jung, und verpfuscht sich sein Leben!«

Borja senkte den Kopf und überreichte dem Oberst die Waffe. Dann glitt er aus dem Sattel und fiel auf den vereisten Boden. Erst jetzt sah man, daß er aus fünf Wunden blutete.

Am Abend kam Graf Koschkin in sein Palais zurück. Ninotschka lief ihm entgegen. Sie trug immer noch das halbfertige Hochzeitskleid, und die Schneiderin Praskowja rannte jammernd hinter ihr her: »Sie wollte es nicht ausziehen, Hochwohlgeboren! Sie wollte es nicht ausziehen!«

Pawel Michailowitsch Koschkin fing seine Tochter in seinen Armen auf. Er drückte sie gegen die Wand und krallte die Finger in den schweren französischen Seidenstoff des Brautkleides. »Herunter mit diesem Fetzen! Es gibt keine Hochzeit!«

»Was ... ist mit Borja?« stammelte Ninotschka. »Wo ist er?«

»Ich kenne keinen Borja!« brüllte Koschkin. »In meinem Hause ist der Name Tugai nie gefallen. Zieh sofort das Kleid aus!«

»Was ist mit Borja?« schrie Ninotschka wieder. Sie schlug ihrem Vater auf die Hände und riß sich von ihm los. Das war so ungeheuerlich, daß es Koschkin die Sprache verschlug.

Ninotschka packte ihn an den Aufschlägen seiner Jacke. »Wo ist Borja?«

»In der Festung!« Pawel Michailowitsch senkte den Kopf. Daß seine Tochter ihn auf die Finger geschlagen hatte, war schlimmer als jede Revolution. Es war der Zusammenbruch aller Ordnung, aller Moral, aller Liebe. »Man wird ihn erschießen ...«

II

Zehn Tage lang bestürmte Ninotschka Pawlowna Koschkina den Kommandanten der Festung, in die man die aufständischen Offiziere gebracht hatte und wo sie auf ihr Urteil warteten.

Ninotschka tat es heimlich, begleitet von ihrer ehemaligen Amme Katharina Ifanowna, und log ihrem Vater etwas von Kirchenbesuchen oder Einkäufen vor, um das elterliche Palais verlassen zu dürfen. Der Kutscher Miron Fedorowitsch, den Graf Koschkin schwer bewaffnen ließ und der mit seinem Kopf für Ninotschkas Sicherheit bürgte, mußte natürlich in alles eingeweiht werden. Das übernahm Katharina Ifanowna.

»Hör zu, du räudiger Bär«, sagte sie zu ihm. »Du kennst den Leutnant Borja Stepanowitsch Tugai. Er gehörte zu den Dekabristen und sitzt in der Festung. Erschießen wollen sie ihn, das feine, liebe Herrchen, und dem Fräulein bricht darüber das Herz. Fahr uns zur Festung und halte den Mund darüber.«

Und Miron Fedorowitsch antwortete: »Sieh an, sieh an, der junge Leutnant war auch dabei! Dumme Menschen waren es, Katharina. So etwas Unorganisiertes ... als ob sie alle Schlamm statt Hirn im Kopf hätten. Dabei haben wir alle so gehofft, daß es gelingt.«

»Du auch?« Katharina Ifanowna starrte den riesigen Kutscher verblüfft an.

»Bin ich ein Mensch von vorgestern?« Er spuckte aus und putzte sich die Nase am Ärmel seiner Jacke ab. »Doch jetzt steht die Zeit wieder still. Der Zar ist gekommen, und er hält grausames Gericht. Armer Leutnant ...«

»Du fährst uns zur Festung?«

»Aber ja – doch was nützt es? Weiter als bis zu einem kleinen Offizier wird Ninotschka Pawlowna ja nicht kommen. Man bewacht die Dekabristen wie Edelsteine.«

»Unser Herr hat einen großen Namen.«

»Wer hat heute noch einen großen Namen? Der Zar mißtraut jetzt allen. Ein Trubetzkoi war bei den Aufständischen, ein Graf Murajeff, der Fürst Wolkonsky ... Der

Zar steht einsam in einer Wildnis. Was ist da ein Koschkin?«

Aber sie wagten es trotzdem.

Während Graf Koschkin von Zar Nikolaus auf die Liste der Verdächtigen gesetzt wurde, – denn wer einen Schwiegersohn hat, der an der Spitze der Aufständischen Attacken geritten ist, dessen Weste hat Flecken – und während die Schnüffler der Geheimpolizei die Adelspaläste von Petersburg durchkämmten, stöhnte in der Festung der Kommandant, General Graf Lukow, jedesmal auf, wenn ihm seine Ordonnanz erneut meldete: »Ninotschka Pawlowna Koschkina steht wieder vor der Tür.«

»Schickt sie weg«, sagte Lukow. »Ich habe keine Möglichkeit, menschlich zu denken. Der Zar befiehlt, nicht ich!«

Er trank aus einer dünnen Tasse glühendheißen Tee und ging dann in dem großen, düsteren Zimmer unruhig hin und her. »Und die anderen Frauen?« fragte er dann.

»Stehen alle auch vor dem Tor.« Der junge Leutnant nagte nervös an der Unterlippe. »Die Fürstin Trubetzkoi hat sogar gedroht, sie wolle ein Zelt vor dem Eingang aufschlagen.«

»Das tut sie auch! Ich kenne die Trubetzkoi! Eine Frau aus Eisen ist sie! Daß sie noch nicht versucht hat, mit dem Schädel das Tor einzurennen, ist ein Wunder!«

Nach dem Mittagessen ließ sich General Lukow mit einem Schlitten durch die weiträumigen Anlagen der Festung zur vorderen Wache bringen und blickte hinaus auf die Straße. Eine Truppe von ungefähr dreißig Frauen hatte sich dort bei klirrendem Frost niedergelassen, drei Feuer entfacht und kochte in zwei großen Eisenkesseln Suppe. Und jedem Soldaten, der sich draußen zeigte, riefen sie zu: »Grüß mir Mitka!« – »Wenn du Graf Blochinsky siehst, sag ihm, seine Natalia ist nahe bei ihm!« – »He, du langer Unterleutnant! Ich bin Marja Nikitewna. Gib Chrissan einen Kuß von mir!«

»Wer ist Ninotschka Pawlowna?« fragte General Lukow hinter dem Fenster der Wachstube. Der Wachhabende, ein Hauptmann, zeigte auf die Frauengruppe.

»Die mit dem Weißfuchsmantel.«

»Das junge Vögelchen?«

»Sie wollten am Neujahrstag heiraten!«

»Und da reitet der Idiot Attacken gegen den Zaren! Ha, warum hat man eigentlich Mitleid? Jagt die Weiber weg.«

»Sie warten nur darauf, Exzellenz. Sie haben Feuerscheite in der Hand, wenn wir uns ihnen nähern.«

General Lukow deutete auf eine stolze, schöne Frau in einem bodenlangen Zobelmantel. »Das ist die Fürstin Trubetzkoi. Zu Hause hat sie siebzig Lakaien, und hier rührt sie selbst die Suppe um. Gehen Sie hinaus, Hauptmann, und erklären Sie den Damen, daß es völlig sinnlos ist, hier zu warten. Nur der Zar kann entscheiden.«

»Das erkläre ich ihnen seit Tagen. Sie hören gar nicht zu. Morgens, mittags und abends singen sie Choräle und beten. Sogar einen Popen haben sie mitgebracht, der sie segnet.«

»Der Hauspriester der Trubetzkois, ich weiß.« General Lukow ließ sich den pelzgefütterten Offiziersmantel umlegen. »Machen Sie das Tor auf. Ich spreche selbst mit ihnen.«

Er klemmte die Reitpeitsche unter den linken Arm und verließ die Wachstube.

Seit dem Dekabristenaufstand hatte sich in Rußland einiges verändert. Dem Volk fiel es nicht auf, aber in den Kreisen des Militärs und des Adels hatten die freiheitlichen Ideen Spuren hinterlassen. Die neue Philosophie, die von Frankreich herüberwehte, drang tief in die Herzen. Früher hätte ein Lukow die Frauen vor der Festung durch einen Trupp Soldaten einfach wegprügeln lassen. Jetzt aber ging der General persönlich vor das Tor und grüßte mit großer Höflichkeit, als die dreißig Frauen zu ihren flammenden Holzscheiten griffen.

Die Fürstin Trubetzkoi und Ninotschka traten aus dem Kreis heraus. Ihre Gesichter waren von der Kälte gerötet, Eiskristalle lagen über den Brauen und Wimpern, und ihr Atem hüllte sie in kleine weiße Wolken ein.

»Meine Damen«, sagte General Lukow und blieb drei Schritte vor ihnen stehen. »Betrachten Sie mich nicht als Ihren Feind. Fürstin, wir haben zuletzt beim Adventsball miteinander getanzt. Ninotschka Pawlowna, Ihr Vater ist ein Freund von mir. Ich stehe hier vor Ihnen, um Ihnen zu zeigen, daß ich als Mensch mit Ihnen empfinden kann.«

»Lassen Sie uns zu unseren Männern!« Die Fürstin Trubetzkoi senkte das glühende Holzscheit. »Nur ein paar Minuten. Nur einen Händedruck lang. Sie sollen wissen, daß ihre Frauen mit ihnen um Gerechtigkeit kämpfen.«

»Das wissen sie auch so.« General Lukow blickte die Frauen bewundernd an. Das ist unser unsterbliches Rußland, dachte er fast glücklich. Mit solchen Menschen kann man an der Ewigkeit bauen.

»Aber ich habe keine Order, die Gefangenen aus den Zellen zu lassen«, setzte er laut hinzu. »Ich habe gar keine Nachricht vom Zaren. Vielleicht wissen Sie mehr als ich.«

»Zar Nikolaus empfängt uns nicht!« Die Fürstin Trubetzkoi warf das Holzscheit hinter sich ins Feuer zurück. »Ich bin bereit, auf den Knien durch den ganzen Winterpalast zu kriechen ...«

»Wann werden unsere Männer verurteilt?« fragte Ninotschka. Ihre helle Stimme klirrte, als zersprängen die Worte in der Kälte wie Glas, das man gegen eine Wand wirft.

»Auch darüber ist noch nicht entschieden. Der Untersuchungsrichter Awdej Iljitsch Saborow verhört sie noch.«

»Saborow ist ein Schwein!« Es war wenig fürstlich, was die Trubetzkoi sagte, aber trotz ihres langen Zobelmantels war sie jetzt nichts anderes als eine der Tausenden von russischen Frauen, deren Männer zum Tode verurteilt oder auf dem Weg nach Sibirien, in die lebenslängliche Verbannung waren.

»Wollen Sie weiter hier kampieren, meine Damen?« fragte Lukow. Er ahnte, daß der Zar bald den Befehl geben würde, die Frauen wegzujagen wie Ungeziefer. Was geschah dann? Wer sollte die Aktion leiten? Er, Lukow? Es war höchste Zeit, sich für diesen Fall nach einer guten Krankheit umzusehen, die ihn von aller Verantwortung entband. Wußte man, wie lange der Zar lebte? Kam die Zeit wieder, in der ein Zarenthron nichts anderes war als ein Richtblock? Rußland war reich an Zaren, die mit Gift und Dolch an die Macht kamen und ebenso endeten. Und jeder Sturz vom Thron riß eine Lawine von anderen Menschen mit sich. In einer von ihnen könnte dann auch Lukow sein.

»Wir werden so lange vor der Festung sitzen, bis wir unsere Männer sehen können«, sagte Ninotschka. »Und wenn man Reiter auf uns hetzt ... Sollen sie nur kommen! Wir können genauso mutig sterben wie unsere Männer.«

Lukow seufzte, drehte sich um und stapfte zur Festung zurück.

Wenig später jagte ein Meldereiter aus dem Tor und verschwand im Nebel, der sich langsam über Petersburg senkte. Da viele Soldaten die Festung verließen, achtete niemand auf ihn. Aber dieser Reiter war der letzte verzweifelte Versuch General Lukows, eine Katastrophe abzuwehren.

Graf Koschkin ahnte nichts Gutes, als ein Geheimsekretär des Zaren ihm ein Schreiben des Allerhöchsten überbrachte. Ninotschka war wieder einmal in der Stadt, bei irgendeiner Schneiderin, hatte sie gesagt, und ihre Mutter, Gräfin Marina Iwanowna, saß in ihrem Salon mit ein paar Freundinnen zusammen und knüpfte einen großen Teppich für die im Bau befindliche St.-Isaaks-Kathedrale. Bei der Einweihung sollte er feierlich vor den Altar getragen werden, ein Geschenk der berühmtesten Familien von St. Petersburg.

Koschkin erbrach das kaiserliche Siegel des Schreibens und las die wenigen Zeilen. Es waren nur ein paar Worte, der Befehl, unverzüglich zum Zaren zu kommen.

»Ich kleide mich nur um«, sagte Koschkin heiser zu dem Geheimsekretär, der demütig an der Tür wartete. Der unpersönliche Ton des Schreibens verhieß nichts Gutes. »Ich folge Ihnen mit meinem Schlitten.«

Er läutete nach seinen Dienern, ließ sich seine alte Obristenuniform holen und fuhr dann in einem mit heißen Ziegelsteinen geheizten Schlitten zum Winterpalast. Der Sekretär des Zaren, der vorausritt, ließ alle Tore öffnen und den Schlitten ohne Kontrolle passieren. Im Innenhof halfen zwei Pagen dem Grafen Koschkin aus dem Schlitten und führten ihn in das Schloß.

Zar Nikolaus I. empfing Koschkin in der Bibliothek. Er saß an einem riesigen Schreibtisch und trug die Gardeuniform, die er schon als Großfürst getragen hatte. Er erhob sich, als Koschkin an der Tür militärisch grüßte und dann stehenblieb.

»Kommen Sie näher, Pawel Michailowitsch. Es bedurfte nicht der Uniform, um mich daran zu erinnern, daß Sie ein treuer Diener der Krone sind. Mein Vater sprach viel von Ihnen und Ihren Schiffen, die Rußlands Handel in der Ostsee ausbreiten. Aber über den Schiffen haben Sie Ihre Familie vergessen, Graf Koschkin.«

»Die Liebe meiner Tochter Ninotschka zu dem Leutnant Borja Stepanowitsch Tugai begann unter einem glücklicheren Stern, Majestät. Aber jetzt ...« Koschkin trat langsam näher und blieb fünf Meter vor dem Zaren stehen. »Ich kenne keinen Leutnant Tugai mehr. Das ist in meinem Haus Gesetz geworden.«

»Und Sie merken nicht, daß man Sie belügt und betrügt, Pawel Michailowitsch?«

Koschkin spürte, wie sich seine Kopfhaut zusammenzog. Was wußte der Zar, das ihm, Koschkin, unbekannt war? Was geschah hinter seinem Rücken?

»Ich weiß von keinem Betrug, Majestät ...«

Nikolaus I. lächelte mitleidig. Er kam um seinen Schreibtisch herum und zeigte Koschkin ein Schreiben. Es war der Brief von General Lukow. »Wissen Sie, Graf Koschkin, wo sich Ihre Tochter Ninotschka Pawlowna zur Zeit befindet«?

Koschkin nickte. »Sie ist zu einer Schneiderin gefahren. Mit Zofe und Kutscher.«

»Näht man Kleider auf der Straße? Vor der Festung?«

»Ich verstehe nicht, Majestät ...«

»Sie haben einen Schlitten bei sich, Pawel Michailowitsch? Dann fahren Sie zur Festung. Sofort! In einer Stunde erwarte ich Sie zurück. Die Wachen haben Befehl, Sie sofort durchzulassen.«

Koschkin grüßte wieder und verließ die Bibliothek. Draußen sprang er in den Schlitten, warf die Decke aus Wolfsfell über seine Knie und brüllte den Kutscher an: »Zur Festung, Kerl! Lerne fliegen! Zur Festung!«

Die drei Pferde zogen an und rasten hinaus auf den riesigen Platz vor dem Winterpalast. Dort riß der Kutscher sie herum, lenkte das Gespann über die Newabrücke, direkt zur Peter-Pauls-Festung.

Schon von weitem sah Koschkin den Flammenschein der großen Lagerfeuer, und noch bevor der Schlitten hielt, wußte er, daß unter diesen dick in Pelze vermummten

Frauen seine Ninotschka war. Die Fürstin Trubetzkoi erkannte Koschkin sofort, dann die Fürstin Woronowsky, als dritte die Gräfin Blunow. Und dann sah er am Feuer den Weißfuchsmantel von Ninotschka. Koschkin hatte ihn ihr geschenkt, als sie einundzwanzig Jahre alt geworden war, und es war der schönste Mantel gewesen, den es damals in ganz Petersburg gegeben hatte.

Koschkin stieg aus dem Schlitten und stapfte durch den Schnee auf die Frauen zu. Einer von ihnen — er kannte ihren Namen nicht, hatte sie aber schon bei den Hofbällen gesehen — schlug er eine flammende Holzlatte aus der Hand, als sie ihn damit aufhalten wollte.

»Soviel berühmte Namen!« rief Koschkin über den Platz. »Und ein solcher Haufen hirnloser Weiber!« Seine Stimme war gewaltig, man konnte sie nicht überhören. Ninotschka fuhr herum, und die Fürstin Trubetzkoi stellte sich schützend vor sie und antwortete Koschkin:

»Ein alter Mann sollte mit Erinnerungen spielen, nicht mit der Neuzeit! Pawel Michailowitsch, Sie hingen immer an alten Kleidern — lassen Sie uns in Ruhe!«

»Wenn die Neuzeit ein solcher Wahnsinn ist, bin ich froh, einen Platz hinter dem Ofen zu finden! Der Aufstand Ihrer Männer — gibt es etwas Dümmeres? Ist das eine Revolution?«

»Es ist nun einmal geschehen!« Die Trubetzkoi stand in ihrer imponierenden Erscheinung vor Ninotschka wie eine Bärin, die ihr Junges schützt. »Und es ist mißlungen. Unsere Männer stehen dafür ein. Aber man soll sie behandeln wie Männer und nicht wie Tiere!« Sie hob beide Arme, als Koschkin näher kam. »Bleiben Sie stehen, Pawel Michailowitsch. Hinter Ihnen warten zehn Frauen und werden Ihnen die schöne Uniform versengen, wenn Sie weitergehen.«

Koschkin stockte. Er blickte sich nicht um, das war unter seiner Würde, aber er wußte, daß die Fürstin Trubetzkoi die Wahrheit sprach.

»Ich will mit Ninotschka reden«, sagte er heiser.

»Warum?«

»Bin ich nicht ihr Vater?«

»Sie sind ihr fremder als ein Fisch in der Newa!«

Koschkin atmete hörbar aus. »Das soll sie mir selbst sagen, Fürstin. Braucht sie ein Sprachrohr? Ich weiß, daß sie nicht stumm geboren wurde. Bis heute konnte sie manchmal zwitschern wie ein Schwälbchen.«

»Ich werde es nie wieder können!« sagte Ninotschka laut. Sie ging ihrem Vater ein paar Schritte entgegen. »Ich werde nie wieder lachen können, Väterchen.«

»Aber lügen, was? Lügen kannst du!«

»Wenn es Borja nützt, ist jede Lüge geheiligt.«

»Das also ist aus dir geworden! Mein Gott, warum strafst du mich so!« Koschkin starrte seine Tochter an, und er begriff, daß sein eigenes Kind ihm weggelaufen war. Wenn Ninotschka auch jetzt noch vor ihm stand, groß und schön in ihrem Weißfuchsmantel, so war sie doch schon so weit von ihm entfernt, wie es Borja Stepanowitsch vielleicht auch sein würde, falls der Zar ihn nicht zum Tode verurteilte: in Sibirien. Von dort gab es keine Rückkehr mehr. Wer in der Weite der Taiga verschwand, hörte auf, für die andere Menschheit zu existieren.

»Warum steht ihr hier?« fragte Koschkin mit schwerer Zunge. »Ändert ihr etwas damit? Wollt ihr dadurch den Zaren zu irgend etwas zwingen? O Gott, ihr Närrinnen! Man wird euch wegtreiben wie streunende Katzen.«

»Darauf warten wir!« rief die Fürstin Wolkonsky. »Ganz Rußland soll es sehen und hören!«

»Und dann? Am nächsten Morgen geht das Leben weiter! Ein paar adlige Damen weniger – ändert das Rußland? Ninotschka . . .«

»Väterchen?«

»Komm nach Hause.«

»Nein.« Ninotschka warf den Kopf in den Nacken. Ihr schmales, schönes Gesicht blieb unbeweglich. Nur die Augen lebten, und in den Winkeln sammelten sich Tränen, die in der eisigen Luft sofort gefroren.

»Ich hole dich mit einer Abteilung Soldaten hier heraus!« schrie Koschkin.

»Sie werden nicht wagen, was selbst der Zar nicht wagt!« entgegnete die Trubetzkoi stolz. »Gehen Sie, Pawel Michailowitsch. Was wissen Sie von der Liebe einer Frau? Sie haben ein Kind gezeugt, weil die Natur es so einrichtete. Aber haben Sie jemals gefragt, ob Marina Iwanowna glücklich ist?«

»Meine Frau? Natürlich ist sie das!«

»Das hört sich an wie ein Befehl! Sie ist glücklich, sie muß es sein!« Die Trubetzkoi lachte kurz und dunkel. »Armer Pawel Michailowitsch, Sie haben am wirklichen Leben vorbeikommandiert. Sehen Sie sich um: Diese Frauen hier lieben ihre Männer – im Glanz und im Elend!«

»Und in Sibirien?«

»In Sibirien auch, Väterchen«, sagte Ninotschka in die Stille hinein.

»Wir werden uns an die Wagen hängen, die unsere Männer wegbringen.« Die Trubetzkoi wischte sich über ihr vereistes Gesicht. »Wir werden auf den Gäulen sitzen, die vor die Materialwagen gespannt sind. Und wenn es sein muß, werden wir unsere Schlitten selber ziehen, immer den Spuren nach, die vor uns sind. Verstehen Sie das?«

»Nein«, erwiderte Koschkin tonlos. »Nein.«

»Ich sagte es ja, Pawel Michailowitsch: Sie sind ein armer Mensch. Sie wissen nicht, was Liebe ist. Fahren Sie zurück in Ihr Palais, wir brauchen Sie nicht, um zu wissen, was wir zu tun haben.«

Koschkin schlug in ohnmächtiger Wut und Verzweiflung die Fäuste gegeneinander. Er fror; der dünne Uniformmantel hielt den Frost nicht ab, der Innenpelz war an vielen Stellen schadhaft und von Motten zerfressen. Man hatte die Uniform nicht gepflegt, weil selbst Koschkin nicht auf den Gedanken gekommen war, er würde sie noch einmal anziehen.

»Komm mit, Schwälbchen«, bat er mit zitternder Stimme.

Ninotschka schüttelte den Kopf.

»Nein, Väterchen. Bitte, geh . . .«

»Deine Mutter wird vor Kummer sterben . . .«

»Und Borja wird sterben, wenn ich nicht bei ihm bin.« Ninotschka drehte sich um und ging langsam zum Feuer zurück. Sofort schloß sich eine Wand aus vermummten Frauen hinter ihr, als klappe eine Zellentür zu. Koschkins Herz setzte einen Schlag aus.

Der Zar, dachte er. Hier kann nur noch der Zar helfen! Ich werde mich ihm zu Füßen werfen wie vor den Heiligen der Ikonastase. Ninotschka, mein Liebstes auf der Welt . . . Was weiß die Trubetzkoi von Liebe! Sie ist eine Fanatikerin, eine Flamme wie dieses Feuer hier. Aber wenn das

Holz verbrannt ist, wird auch sie ausgebrannt sein. Willst du nutzlose Asche werden, Ninotschka?

Er warf sich herum, rannte zu seinem Schlitten und sprang hinein.

»Zum Zaren!« schrie er. »Schneller, du Hundesohn! Ich peitsche dich aus, wenn wir nicht die schnellsten Pferde von Petersburg haben.«

Der Kutscher, ein Leibeigener, dessen Urgroßeltern schon den Koschkins gehört hatten, duckte sich und hieb dem Leitpferd mit der Peitsche zwischen die Ohren. Das Tier bäumte sich auf und galoppierte dann wie rasend vorwärts. Koschkin wurde in den Sitz zurückgeschleudert und klammerte sich an den Seiten fest. Noch nie war ein Schlitten in so wahnsinnigem Tempo durch Petersburg gerast.

Was an diesem Tag zwischen Koschkin und Zar Nikolaus I. gesprochen wurde, ist nie bekannt geworden. Die Türsteher erzählten später nur, daß Graf Koschkin aus dem Zimmer seiner Majestät gekommen sei – ohne seine Orden und ohne die Schulterstücke der Uniform – so, als habe der Zar ihm beides abgerissen.

Doch es war umgekehrt gewesen. Koschkin hatte dem Zaren Orden und Achselklappen vor die Füße geworfen und darum gebeten, nach Sibirien verbannt zu werden. Und der Zar hatte den abgerissenen Emblemen einen Stiefeltritt versetzt und ganz ruhig und betont gesagt:

»Ich werde mich an Sie erinnern, Pawel Michailowitsch, wenn es an der Zeit ist.«

Was vorher und nachher noch gesprochen worden war, blieb unbekannt.

Dagegen wußte bald jeder, daß Koschkin mit eigener Hand den Kutscher Miron Fedorowitsch mit einer langen Hundepeitsche durch das Palais gejagt hatte – bis hinaus auf die Straße. Und daß er dort weiter auf Miron eingeschlagen hatte, bis jener ohnmächtig wurde und der Schnee um ihn herum sich rot von Blut gefärbt hatte. Dann hatte Koschkin dem Kutscher noch einen Fußtritt in die Rippen versetzt und ihn liegen lassen.

Schwankend, zerschunden und blutend war Miron später vor der Peter-Pauls-Festung erschienen, hatte sich zu der

Amme Katharina Ifanowna an eines der Feuer gesetzt und war von den Gräfinnen und Fürstinnen verpflegt, verbunden und umsorgt worden, als sei er kein schmutziger leibeigener Kutscher, sondern ein hohes Herrchen. Und als er Fieber bekommen hatte, war sogar ein Arzt für ihn geholt worden.

Wahrhaftig – irgendwie war die Neuzeit wirklich nach Rußland gekommen, wenn auch ganz leise und zaghaft.

Drei Wochen kampierten die Frauen der Verschwörer vor der Festung, und jeden Tag umkreiste Graf Koschkin die lodernden Feuer mit seinem Schlitten und beobachtete sein Töchterchen Ninotschka aus der Ferne.

Plötzlich, in der vierten Woche, als Petersburg förmlich im Schnee ertrank, waren die Frauen verschwunden.

Koschkin ließ sich bei General Lukow melden. Er zitterte wie im Fieber, als ihn Lukow endlich empfing.

»Was hat man mit meiner Tochter gemacht?« fragte Koschkin. »Wo ist sie? Prokor Grigorjewitsch, haben Sie Mitleid mit einem vor Kummer langsam sterbenden Vater. Wo ist Ninotschka?«

»In einem Pferdestall. Sie alle! Dort sitzen sie warm. Sie dürfen sie nicht sehen, Pawel Michailowitsch. Aber ich verspreche Ihnen, daß den Frauen nichts geschieht. Der Zar hat sich großzügig gezeigt. Sie dürfen morgen ihre Männer eine halbe Stunde lang sprechen.«

Koschkin lehnte sich gegen die Wand. Seine Beine versagten ihm den Dienst. »Ist das wahr? Der Zar hat das angeordnet?«

Lukow nickte. »Halten Sie mich für einen Erzengel, daß ich so etwas allein entscheide? Alle Frauen dürfen ihre Männer sehen. Das ist ein einmaliger Gnadenakt.«

Am nächsten Morgen um neun führte ein Hauptmann die dreißig Frauen vom Pferdestall hinüber zu dem Gebäude, in dem die Gefangenen eingeschlossen waren. Es schneite wieder, und die dicken Schneeflocken waren wie Perlen, die vom Himmel auf die Haare der Frauen fielen.

Der größte Tag ihrer Liebe hatte begonnen.

III

Der Innenhof der Festung war lang und schmal. Zwei hohe Maschendrahtzäune teilten ihn und ließen dazwischen einen Gang von einem Meter frei. In diesem Gang patrouillierten fünf Wachsoldaten, vermummt in pelzgefütterte Mäntel, das Gewehr mit dem langen Bajonett an einem Lederriemen um die rechte Schulter gehängt.

Die Posten unterbrachen ihr Hinundhergehen auch nicht, als die Frauen in den Innenhof kamen und sofort auf den Drahtzaun zustürzten. Auf der anderen Seite öffneten sich langsam vier Türen in der hohen, dunklen, von vergitterten Fenstern unterbrochenen Festungsmauer.

Zuerst erschien ein Offizier, kontrollierte mit einem schnellen Blick, ob alle Sicherungsvorschriften erfüllt seien und winkte dann. Ihm folgten aus jeder Türe zwei Soldaten. Dann tappten die Gefangenen ins Freie, die meisten noch in ihren zerrissenen, blutbefleckten Uniformen, Verbände um ihre Wunden, barhäuptig und unrasiert. Sie starrten in den bleigrauen Himmel, den lautlos rieselnden Schnee, als begriffen sie nicht, daß es außerhalb ihrer Zellen noch etwas gab.

Erst als die Frauen aufschrien und ihre Namen riefen, sahen sie hinüber zu dem hohen Doppelzaun und begriffen, warum man sie aus ihren dumpfen Löchern geholt hatte. Sie stürzten, genau wie vorher die Frauen, auf das Drahtgitter zu und versuchten, die Hände durch die engen Maschen zu stecken.

»Mascha!«

»Katharina!«

»Evtimia!«

Es waren Aufschreie, die das Herz zerrissen. Und von der anderen Seite, getrennt durch zwei Gitter und einen Gang, antworteten ihnen die Frauen.

»Nikolka!«

»Andrej!«

»Grigorij!«

Alle Qual, alle Sehnsucht, alle Liebe brachen sich Bahn in diesen stammelnden Rufen, den verzweifelten Versuchen, sich durch die Gitter die Hände zu reichen. Aber der

Gang war breit, und die Arme der Gefangenen wurden von den fünf Wachsoldaten wortlos zurückgestoßen, wenn diese ihre Strecke abschritten, hin und her, mit steinernen Gesichtern, ohne nach rechts oder links zu blicken.

Die Soldaten hatten ihre strengen Befehle, und sie wußten, daß man sie beobachtete, ob sie irgendwelche mitleidige Regungen zeigten. Viele der Offiziere, die sie jetzt bewachten, waren einmal ihre Kommandanten gewesen, und die Namen der hohen Adligen, der Fürsten und Grafen kannte jeder in St. Petersburg. Man hatte die hohen Herrschaften beneidet, war vor ihnen niedergekniet und hatte ihnen untertänigst die Hand geküßt. Und jetzt standen sie zerlumpt und schmutzig an einem Drahtzaun, streckten die Hände durch die Maschen und weinten.

Brüderchen, welch eine Welt! Drehte sie sich plötzlich andersherum?

Langsam ging Borja Stepanowitsch Tugai an dem Zaun entlang, bis er Ninotschka entdeckte. Sie stand als letzte in der langen Reihe, winkte und weinte, drückte das schöne, schmale Gesicht gegen die Maschen und rief immer wieder: »Borja, Borjenka! Mein Liebling! Mein Liebling . . .«

Tugai blieb stehen. Er lehnte sich gegen den Zaun und blickte Ninotschka an. Um seine Stirn lag ein breiter, blutverkrusteter Verband, die Uniform war zerrissen, die Hosen hingen in Fetzen an ihm herunter. Auch um das Knie trug Borja einen Verband, und er hinkte etwas beim Gehen. Sein junges, ehemals strahlendes Gesicht war bleich und eingefallen. Er sah fremd aus. »Ninotschka«, sagte er. »Ninotschka, warum bist du gekommen? Du mußt mich vergessen.«

»Ich gehöre zu dir!« rief sie zurück. Sie mußte rufen in dieser Woge aus Weinen und Schluchzen, sonst hätte er sie nicht verstanden. »Ich bleibe immer bei dir.«

»Es hat keinen Sinn mehr, Ninotschka.« Tugai drückte das bleiche Gesicht gegen den Maschendraht. Ein Wachsoldat marschierte in der Gasse an ihm vorbei und schielte aus den Augenwinkeln zu ihm hin. »Morgen ist die Gerichtsverhandlung. Sie werden uns alle erschießen lassen. Der Zar kennt kein Erbarmen. Aber wir werden sterben wie ehrenhafte Männer. Wir wollten nur das Beste für Rußland.«

Sie sahen sich an, versuchten wie die anderen, ihre Hände durch den Drahtzaun zu stecken, aber es fehlten zehn Zentimeter von Fingerspitze zu Fingerspitze. Eine lächerliche Entfernung, aber doch so weit wie von Stern zu Stern.

Borja und Ninotschka sprachen eine ganze Zeitlang gar nichts, nur ihre Augen waren ein einziges Rufen, ihre Lippen zitterten, und ihre Hände, so nahe beieinander und doch unüberwindbar getrennt, zitterten und tasteten nacheinander und sagten alles, was in ihren Herzen war.

Vier Meter weiter stand die Fürstin Trubetzkoi in ihrem bodenlangen Zobelmantel und sprach mit ihrem Mann wie auf einem Ball im Winterpalast. »Ich bin stolz auf dich«, sagte sie laut. »Die Trubetzkois waren immer Helden. Was auch geschieht, mein Liebling, blick in den Himmel und vertrau auf Gott. Einmal wird die Freiheit über Rußland kommen, und dann wird man auch deinen Namen nennen.«

»Keine revolutionären Reden!« brüllte der wachhabende Offizier, ein Hauptmann der Garde. Er ging hinter den Frauen her und überspielte mit diesem Brüllen seine eigene Ergriffenheit. »Ich lasse den Besuch abbrechen! Nur private Gespräche, meine Herrschaften!«

»Der Zar wird euch nicht hinrichten!« sagte Ninotschka zu Borja. »Väterchen war bei ihm. Der Zar will ein gütiger Herrscher sein.«

»Es hat in Rußland noch nie einen gütigen Zaren gegeben«, entgegnete Borja finster. »Warum sollte Nikolaus der Erste anders sein!«

»Er plant Reformen.«

»Reformen in Rußland wurden immer mit Blut geschrieben. Aber wir sind stolz darauf, daß es unser Blut ist.«

»Keine revolutionären Reden!« schrie der Hauptmann wieder.

»Laß uns in Ruhe!« brüllte einer der Gefangenen zurück. »So kurz vor dem Tod können wir sagen, was wir wollen! Es lebe die Freiheit!«

Stille trat ein. Und dann wiederholte die Fürstin Trubetzkoi laut und deutlich: »Es lebe die Freiheit!«

Der Hauptmann starrte sie betreten an. Jeder erwartete, daß nun der Befehl kam, den Hof sofort zu räumen. Die Wachsoldaten nahmen die Gewehre in die Hand. Aber der

Hauptmann schwieg. Er drehte sich schroff um und ging zur Festungsmauer zurück, lehnte sich dagegen und zündete sich eine Zigarette an. Wegen des dichten Schneefalls rauchte er sie in der hohlen Hand und schlug den Kragen seines Mantels hoch, als wolle er sein Gesicht verbergen.

»Wir sind alle hier in der Festung«, sagte Ninotschka. »Wir wohnen in einem leeren Pferdestall. Es ist herrlich warm dort, wir bekommen zu essen, und alle begegnen uns mit großem Respekt.«

»Nach der Urteilsverkündung werden sie euch verjagen wie streunende Hunde.«

»Das können sie nicht. Die ganze Welt blickt auf uns.«

»Die ganze Welt?« Borja lachte bitter. »Was kümmert Rußland die Welt? Als einmal der Botschafter eines westlichen Landes nicht seinen Hut vor dem Zaren zog, hat der Zar ihm den Hut auf dem Kopf festnageln lassen. Und was ist geschehen? Nichts! Ein lahmer Protest kam, über den man am Hof lachte.«

»Das ist lange her, Borja. Ein paar hundert Jahre.«

»Was sind einige hundert Jahre für Rußland? Hier gelten andere Zeitbegriffe. Ninotschka ...« Borja drückte sich enger an den Drahtzaun. »Geh zu deinem Vater zurück. Sieh mich an ... ich lebe doch schon nicht mehr.«

»Es gibt kein Zurück mehr, Borja, und ich habe keinen Vater mehr. Ich bin von daheim weggelaufen.«

»Das ist Wahnsinn, Ninotschka!«

»Katharina Ifanowna, meine Amme, und Miron Fedorowitsch, unser Kutscher, sind bei mir. Wir warten auf dich, Borja.«

»Auf meinen von Kugeln durchlöcherten Körper?«

»Der Zar wird es nicht wagen. Wir würden unsere getöteten Männer durch die Straßen von Petersburg tragen und vor dem Winterpalast niederlegen. Und Tausende würden mit uns marschieren, und in ganz Rußland würden es Millionen sein, die sich uns anschließen. Es wäre das Ende des Zaren.«

»Er hat das Militär auf seiner Seite.«

»Es gibt mehr Bürger, Handwerker und Bauern in Rußland als Soldaten!« Ninotschka hielt den Wachsoldaten fest, der gerade in der Gasse vorbeimarschierte. »Was sagst du dazu? Kannst du auf deinen Bruder schießen?

Oder auf deine Mutter, wenn sie sich auf die Seite der Freiheit schlägt? Kannst du das?«

Der Soldat blickte starr über Ninotschka hinweg. »Lassen Sie mich los, Euer Hochwohlgeboren«, sagte er leise. »Ich bin ein kleiner armer Soldat und darf nicht denken. Bitte, lassen Sie mich gehen!« Er riß sich los und nahm seinen Patrouillengang wieder auf.

»Was wirst du tun, wenn man uns erschossen hat?« fragte Borja mit schwerer Zunge.

»Ich weiß es noch nicht. Vielleicht wird man uns Frauen danach auch erschießen müssen, denn wir werden keine Ruhe geben.«

»Der Zar wird euch nach Sibirien verbannen.«

»Dann wird in zwei, drei Jahren ganz Sibirien gegen ihn aufstehen.«

Der Hauptmann stieß sich von der Mauer ab und hob den Arm. Man sah, daß es ihm schwerfiel, seinen Dienst in dieser Situation gewissenhaft zu versehen. »Ende der Besuchszeit!« schrie er über den Hof. »Verabschieden Sie sich, meine Herrschaften. Noch fünf Minuten.«

Fürst Trubetzkoi drückte sein Gesicht gegen den Maschendraht. »Leb wohl, meine Liebe«, sagte er zu seiner Frau. »Das ganze Unternehmen war mein Fehler. Ich habe geglaubt, es wäre der richtige Zeitpunkt. Ein Schwächling als Thronerbe, der Gegenspieler fern von Petersburg, das Volk endlich einmal bereit, an sich zu denken. Aber das Volk hat mich nicht verstanden. Die Angst von Jahrhunderten lebt noch in ihm. Die Offiziere haben mich verraten. Mit einer Handvoll Idealisten kann man in Rußland keine Revolution machen. Meine Schuld ... Ich werde sie abbüßen. Nur schade, daß so viele wertvolle Menschen durch mich zugrunde gehen müssen. Leb wohl, Katharina, wir sehen uns nicht wieder.«

»Wir sehen uns wieder!« sagte die Fürstin Trubetzkoi stolz. »Und wenn nicht hier, dann in der Ewigkeit.«

Sie klammerten sich an das Maschengitter und zwangen sich, nicht zu weinen. Da kündigte ein Trompetensignal das Ende der Besuchszeit an. Es gab keinen Aufschub mehr, nicht eine Minute.

»Geh zu deinem Vater zurück!« rief Borja. Ein Soldat hatte ihn bei den Schultern gepackt und zerrte ihn vom

Zaun weg. »Ich liebe dich, Ninotschka, ich liebe dich! Werde glücklich . . .«

»Nur mit dir . . .«, rief sie zurück. Sie krallte die Hände in den Maschendraht und begann, haltlos zu weinen. »Nur mit dir! Ich bleibe in deiner Nähe. Ich bete für dich! Sei mutig, Borjuschka, sei mutig! Ich bin es auch!«

»Die Männer zurück in die Zellen!« schrie der Hauptmann. »Meine Damen, gehen Sie ins Haus. Warum muß alles erst gewaltsam geschehen!«

»Man sollte ihn erschlagen!« rief einer der Gefangenen. In dem allgemeinen Durcheinander wußte keiner, wer es gewesen war.

»Rennt ihn einfach um!« schrie ein anderer.

»Hängt ihn an den Türpfosten!«

»Die Gewehre entsichern!« brüllte der Hauptmann. Der junge Hornist, der eben das Trompetensignal gegeben hatte, blies wieder. Die Männer fluchten, die Frauen weinten laut – es war ein Höllenlärm.

Fürst Trubetzkoi sah zum letztenmal seine Frau an. In seinem Blick lag sein ganzes Elend und das Bewußtsein seines Versagens.

»Ich wollte nur das Beste«, wiederholte er.

»Ich weiß es, mein Liebster«, antwortete die Fürstin. »Aber Rußland hat nie begriffen, was das Beste für es ist.«

Die Soldaten drängten die Gefangenen aus dem Innenhof. Eine andere Gruppe nahm die weinenden Frauen in die Mitte und führte sie zur anderen Seite hinaus. Noch einmal blickte Ninotschka zurück, stellte sich auf die Zehenspitzen und suchte Borja.

Sie sah seine hohe, schlanke Gestalt in der Nähe der dritten Tür, eingekeilt zwischen vier Soldaten. Auch er schaute sich noch einmal um, und so sahen sie sich noch einmal mit einem langen Blick an, ehe beide endgültig hinausgeschoben wurden.

In einem anderen großen Festungshof wartete General Lukow auf die Frauen. Sie hatten sich inzwischen ein wenig gefaßt, die tränenüberströmten Gesichter abgewischt und kamen ihm jetzt mit hocherhobenen Häuptern entgegen. Wie immer wurden sie von der Fürstin Trubetzkoi angeführt. Gleich hinter ihr ging Ninotschka Pawlowna Koschkina, eingehüllt in ihren langen Weißfuchsmantel.

Lukow grüßte militärisch knapp. »Das war alles, was ich für Sie tun konnte«, sagte er. »Es war ein Gnadenbeweis des Zaren. Jetzt muß ich Sie bitten, die Festung wieder zu verlassen. Falls Sie wieder vor dem Tor kampieren, wird es von einem Ukas des Zaren abhängen, was mit Ihnen geschieht.«

»Er soll uns gewaltsam wegtreiben lassen«, entgegnete die Fürstin Trubetzkoi.

»Das wäre unklug, Madame.« General Lukow blickte über die Frauenschar. Der unaufhörlich fallende Schnee bedeckte sie wie ein Spitzentuch. »Ein Gerücht vom Hofe sagt, daß man Ihnen erlauben wird, alle vierzehn Tage die Gefangenen zu sehen. Erzürnen Sie den Zaren, wird das nie wahr werden.«

»Gehen wir, Schwestern.« Die Fürstin Trubetzkoi wandte sich dem leerstehenden Pferdestall zu, wo sie auf Matratzen, unter alten Decken, im Licht von Petroleumlampen gehaust hatten. »Wir haben unsere Männer gesehen und wissen jetzt, was wir zu tun haben.«

Zwei Stunden später verließen die Frauen die Peter-Pauls-Festung. Sie hatten beschlossen, zu Hause auf den Ausgang des Prozesses zu warten – und auf die Gnade des Zaren.

Nach einer Woche gelang es Ninotschka, ohne Wissen ihres Vaters den Zaren Nikolaus I. in einer Privataudienz zu sprechen.

Der Erste Kammerherr des Kaisers, ein Graf Podmansky, der ein Vetter von Ninotschka war, half ihr dabei.

In einer guten Stunde – Nikolaus I. hatte am Kamin gesessen und ein Glas grusinischen Kognak getrunken – war Podmansky vor ihm niedergekniet und hatte gesagt: »Majestät, ich hatte nie davon Gebrauch machen wollen ... aber erinnern sich Majestät an den Tag, an dem ein Wahnsinniger auf Majestät schoß? Ich habe dem Kerl den Kopf abgeschlagen.«

»Ich war damals neunzehn Jahre alt.« Der Zar hatte Podmansky ein Zeichen gegeben, aufzustehen. »Natürlich erinnere ich mich daran. Gawril Klimentejewitsch. Ich habe gesagt: Für diese Rettung darfst du dir einmal im Leben etwas Besonderes wünschen.«

»Der Tag ist gekommen, Majestät.«

»Und dein Wunsch?«

»Empfangen Sie für ein paar Minuten Ninotschka Pawlowna Koschkina.«

Der Zar hatte Graf Podmansky angestarrt, hatte sich brüsk erhoben und war aus dem Salon gegangen. Aber er hatte den Wunsch erfüllt. Ein Page hatte Ninotschka einen Brief überbracht, daß der Zar sie sprechen wolle.

In diesen Tagen wohnte Ninotschka im Hause der Schneiderin Praskowja Philipowna. Nur ein paar Eingeweihte wußten davon. Graf Koschkin ließ seine Tochter seit dem Auszug aus der Peter-Pauls-Festung in ganz Petersburg suchen. Er bemühte sogar die Polizei, fuhr selbst mit dem Schlitten herum und suchte die Frauen auf, deren Männer eingekerkert waren und auf ihren Prozeß warteten.

Aber keine von ihnen gab Auskunft. Die Fürstin Trubetzkoi meinte, vielleicht schlafe Ninotschka unter einer der Newabrücken. Die Gräfin Murawjeff lachte Koschkin einfach aus, und die Fürstin Wolkonsky bot ihm an, mit ihr zusammen durch Petersburg zu ziehen und straßauf, straßab Ninotschkas Namen ausrufen zu lassen.

Alles Suchen blieb vergeblich. Nur einmal entdeckte man den Kutscher Miron. Man verfolgte ihn, aber er konnte in den Gassen der Altstadt entkommen.

Durch eines der vielen Seitentore betrat Ninotschka den Winterpalast. Nikolaus I. wartete stehend vor dem prasselnden Feuer des Kamins in seiner Bibliothek. Er war allein, trug die Uniform eines Feldmarschalls und rührte sich nicht, als Ninotschka vor ihm auf den Teppich sank und mit der Stirn den Boden berührte – die Haltung einer unterwürfigen Magd, einer Leibeigenen.

Eine Weile betrachtete Nikolaus stumm das zusammengesunkene Mädchen. Dann sagte er hart: »Stehen Sie auf, Mademoiselle. Gefällt Ihnen die Anrede? Sie und Ihr Hitzkopf von Leutnant schwärmen ja für den französischen Stil.«

»Ich bitte Majestät um nichts als um Gnade.« Ninotschka richtete sich auf, blieb aber knien. Sie blickte zu dem

Zaren hoch, und dieser Blick war so kindlich, so voller Vertrauen, daß in Nikolaus alle Härte schmolz. Er machte ein paar Schritte nach vorn, beugte sich zu Ninotschka hinunter und zog sie an den Schultern vom Boden hoch.

»Ihr Leutnant wollte mich töten, Ninotschka Pawlowna! Das läßt sich nicht leugnen.«

»Er kämpfte nie gegen die Person Eurer Majestät, sondern nur gegen den Geist der Regierung. Ich weiß, wie man Revolutionen in Rußland bestraft ... Deshalb flehe ich nicht um Gerechtigkeit, sondern um Gnade. Borja liebt sein Rußland, wie Majestät es lieben. Und er ist so jung ...«

»Nicht zu jung, um eine Attacke gegen meine Soldaten zu reiten.«

»Aber zu jung, um dafür getötet zu werden.«

»Wenn ich einen begnadige, muß ich alle begnadigen. Ich will ein gerechter Herr sein!« Nikolaus wandte sich ab und ging langsam zum Kamin zurück. Er starrte in das flammende Feuer. »Ich habe keinen Einfluß auf den Ausgang des Prozesses. Die Richter sind frei und unabhängig.«

»Aber Sie können als höchster Richter Rußlands den Tod durch einen Gnadenakt abwenden.« Ninotschka faltete die Hände. Sie sah Borja wieder vor sich, in der zerrissenen Uniform, den blutverkrusteten Verbänden, mit seinem bleichen, bartüberwucherten Gesicht, seinen hohlen Augen, die verrieten, daß er mit dem Leben bereits abgeschlossen hatte.

»Majestät«, sagte sie leise. »Alle, die sich Dekabristen nennen, mögen Verräter an Eurer Majestät sein. Aber sie sind auch Söhne Rußlands und haben es getan, weil sie glaubten, ihrem Land damit dienen zu können. Keiner von ihnen hat einen persönlichen Vorteil davon gehabt.«

»Das weiß ich.« Nikolaus drehte Ninotschka noch immer den Rücken zu. »Sie sind Verräter und Patrioten zugleich ... Das macht es so schwer, sie zu verurteilen. Ich liebe die Größe unserer russischen Seele, aber ich habe nicht vor, ihr Opfer zu werden.« Er drehte sich um. Sein schmales Gesicht lag im Schatten, der Feuerschein des Kamins erreichte es nicht mehr. »Ich danke Ihnen, Ninotschka Pawlowna, daß ich mit Ihnen sprechen konnte.«

Das war das Ende der Audienz. Nur ein paar Worte, ein

freundlicher Blick ... Zurück blieb die Ungewißheit über Borjas Schicksal.

Ninotschka blieb stehen, obwohl der Zar sie nicht mehr beachtete, sondern sich abwandte und mit schweren Schritten zum Fenster ging, von dem aus man zur Newa hinüberschauen konnte. Schlitten glitten über den zugefrorenen Fluß, gezogen von kleinen, struppigen Pferdchen, denen man die Hufe mit Säcken und Stroh umwickelt hatte, damit sie nicht ausglitten.

»Gnade, Majestät«, flehte Ninotschka leise. »Gnade ...«

»Gehen Sie!« Nikolaus stand breitbeinig am Fenster und starrte auf den Fluß. »Auch Gnade braucht die Zeit der Überlegung.«

»Nur Sie können Rußland helfen, Majestät. Das Volk ist ratlos.«

»Ich weiß es, Ninotschka Pawlowna. Ich lebe nicht auf einem fernen Stern, ich lebe mitten unter euch. Und gerade das verpflichtet mich, hart zu sein. Ein Zar, der streichelt, wird verlacht und gilt als Narr. Ein Zar der harten Faust aber wird geachtet. Der Mensch ist ein seltsames Wesen, Mademoiselle. Gehen Sie jetzt.«

Es war endgültig, es war ein Befehl. Ninotschka verbeugte sich und verließ dann die Bibliothek. Draußen nahm sie der Befehlshaber des Pagencorps in Empfang und führte sie weg. Wie betäubt ging sie durch die langen Gänge, durch prunkvolle Zimmer und Hallen, bis sie wieder in den kleinen Hof gelangten, in dem Miron mit dem Schlitten wartete. Der Kutscher hatte sich durch einen langen, falschen Bart unkenntlich gemacht, und der Schlitten mit dem armseligen knöchernen Gaul davor wirkte wie das Gefährt eines einfachen Mannes, in dem niemand die junge Komteß Koschkina vermutete.

Ninotschka setzte sich in das auseinandergezerrte Stroh, schlug die Felldecke um sich, zog eine große Pelzmütze über den Kopf und gab Miron das Zeichen, abzufahren.

Erst als sie den Winterpalast verlassen hatten und am Newa-Ufer entlangfuhren, zerbrach ihre Beherrschung. Sie schlug die Hände vor das Gesicht und begann zu weinen.

IV

Bis zum Ende des Frühjahrs 1826 dauerten die Untersuchungen und Verhöre. Saborow, der Untersuchungsrichter, wurde zum gefürchtetsten Mann Rußlands. Er ließ die Dekabristen, bevor sie zum Verhör geführt wurden, verprügeln und foltern, brüllte sie hinterher an, ganz gleich, ob es Fürsten oder Generale waren, und benahm sich wie ein leibhaftiger Teufel.

Wenn es hieß: morgen Verhör bei Saborow, knirschten die Gefangenen mit den Zähnen und flehten Gott an, daß Saborow vorher der Schlag treffen möge.

Aber endlich, am 30. Mai 1826, waren die Untersuchungen abgeschlossen. Dicke Aktenbündel wurden zum Zaren gebracht, doch Nikolaus sah sie gar nicht an. Er bestimmte dafür ein Sondergericht. Was er bis jetzt von den Verhören erfahren hatte – die weitgehenden Pläne seiner Gegner, die selbst seine Ermordung erwogen hatten, hatten ihn veranlaßt, kein normales Gericht über die Dekabristen urteilen zu lassen, sondern ›diesen ganzen Schmutz‹ – wie er es nannte – von einem Sondergericht ›in die Gosse kehren zu lassen‹.

Am 1. Juni erfuhren die 121 Inhaftierten durch General Lukow, daß über ihr Schicksal in einer geheimen Verhandlung entschieden werde. Lukow las den Beschluß des Zaren mit gleichgültiger Stimme vor. Und als der Philosoph und Dichter Jefim Lobkonow ausspuckte und schrie: »Das soll ein Zar von Gottes Gnaden sein?« ließ er ihn von vier Soldaten verprügeln, ohne die geringste Gefühlsregung zu zeigen. Das Sondergericht setzte sich aus allen Ministern, Mitgliedern des Senats und des Staatsrates, einer Reihe hoher Würdenträger aus der Armee und der Kirche zusammen und versammelte sich hinter verschlossenen Türen. Es gab keine Verhandlung im üblichen Sinne. Kein Angeklagter wurde vorgeführt, kein Verteidiger sprach ein Wort – nur die Akten waren maßgebend – also das, was Saborow auf tausend Seiten niedergeschrieben hatte.

»Ich will ein besonderes Urteil haben!« hatte Nikolaus I. befohlen. »Ein Urteil, das gerecht ist und dem Maße des Verbrechens Rechnung trägt.«

Hieß das nun, die Offiziere zu erschießen und die Zivilisten zu erhängen? Oder sollte man auch die Offiziere unehrenhaft an den Galgen knüpfen, nachdem man sie zu Zivilisten degradiert hatte? Was hieß das — ein besonderes Urteil?

In den langen Monaten des Wartens war ein neuer Beweis von der Güte des Zaren bekanntgeworden: Die Frauen der Gefangenen durften tatsächlich zweimal monatlich ihre Männer besuchen. Zwar standen sie noch immer hinter den hohen Maschendrahtzäunen, und die Wachmannschaften gingen in der Gasse hin und her, aber es gab kein Weinen und Schreien mehr. Man stand sich gegenüber, das Gesicht gegen den Draht gepreßt, und sprach miteinander über alle möglichen Dinge. Sogar über solche Unwichtigkeiten, daß die Deichsel der Kutsche im Frühjahrsschlamm draußen auf dem Gut viermal gebrochen sei und daß man einmal eine ganze Nacht auf der Straße habe verbringen müssen, weil der Stellmacher Wolochow — der Teufel hole ihn! — keine Ersatzdeichsel zu Hand gehabt hätte und sie erst mit drei Gesellen habe anfertigen müssen.

Borja Tugai war noch magerer geworden in diesen Monaten. Seine Wunden waren verheilt, und die zerrissene Uniform hatte man ihm gelassen. Sogar die Rangabzeichen trug er noch, und die Wachsoldaten sprachen ihn mit ›Herr Leutnant‹ an, genauso wie man die gefangenen Generale mit ›Exzellenz‹ anredete, bevor man sie anbrüllte und zum Verhör trieb.

Ninotschka aber schien noch schöner geworden zu sein. Als das Eis geschmolzen und die ersten Schwäne wieder in der Frühlingssonne auf der Newa schwammen, zog sie ihr schönstes Kleid an — mit weißer Spitze und seidengestickten Blüten — und reihte sich ein in die Reihe der vor der Festung auf Einlaß wartenden Frauen.

Graf Koschkin hatte dort auf sie gewartet. Hinter einer Säule trat er hervor und kam langsam auf Ninotschka zu. Er war alt geworden, weißhaarig und nach vorn gebeugt. Den starken, brüllenden Pawel Michailowitsch gab es nicht mehr. Mit leiser Stimme sprach er seine Tochter an.

»Komm zurück, Töchterchen.«

»Nein.«

»Du kannst in deinem Elternhaus auf Borja warten.

Warum versteckst du dich? Du brichst deiner Mutter und mir das Herz.«

»Und Miron Fedorowitsch? Und Katharina Ifanowna?«

»Niemand wird sie bestrafen. Es soll alles vergessen sein. Sieh mich an, ich bin ein alter Mann geworden vor lauter Kummer.«

Ninotschka nickte stumm. Dann fiel ihr Kopf gegen die Schulter des Vaters. Sie umfaßte den gebeugten Körper und drückte ihn an sich. »Ich komme mit«, schluchzte sie. »Aber ich werde sterben, wenn der Zar Borja erschießen läßt.«

Am 12. Juli 1826 fällte das Sondergericht das Urteil. Kuriere hetzten in die Gefängnisse, um es den Gefangenen mitzuteilen. Nicht nur Rußland – die ganze Welt hielt den Atem an. Wie nahm der Zar Rache?

Und dann legte sich lähmendes Schweigen über das riesige Land. Denn die Rache des Zaren war fürchterlich.

Borja Stepanowitsch Tugai wurde am frühen Morgen vom Rasseln der Schlüssel geweckt, die seine Zellentür aufschlossen. Er blieb auf seiner Holzpritsche liegen, zog den Uniformmantel, mit dem er sich zugedeckt hatte, über den Kopf und stellte sich schlafend.

Stiefel stampften in die Zelle, die Tür schlug gegen die Wand, die Dielen knarrten, als habe sich der kleine Raum mit vielen Menschen gefüllt.

»Leutnant Tugai, stehen Sie auf!« sagte eine befehlende Stimme. Borja kannte sie. Sie gehörte Major Bulganow, dem stellvertretenden Kommandanten. Bulganow war ein dicker, gemütlicher Mensch, mit dem man reden konnte und der tief im Herzen verborgen viel Sympathie für die Dekabristen hegte. Daß er jetzt in so scharfem Ton sprach, mußte einen schlimmen Grund haben.

Tugai warf den Mantel zur Seite und blinzelte in das helle Morgenlicht. Draußen zog ein herrlicher Tag herauf. Die Sonne flutete in breiten Bahnen durch das kleine Gitterfenster. In den Parks rauschten jetzt die Springbrunnen, auf der Newa glitten die Segelboote durch das tiefblaue Wasser, über Petersburg spannte sich ein Himmel wie aus Seide.

Major Bulganow stand vor dem Bett und sah Tugai mit einem langen, traurigen Blick an. Hinter ihm wartete der Untersuchungsrichter Saborow mit einem schadenfrohen Grinsen im Gesicht. Er reichte einem langen, dürren Menschen eine Mappe, der sie aufklappte und tief Luft holte.

Ohne daß der Mann sich vorzustellen brauchte, wußte Tugai, daß er ein Abgesandter des zaristischen Sondergerichts war. Die Urteile waren also gefällt worden, ohne die Angeklagten selbst anzuhören. Der Zar hatte Recht gesprochen, und was er sagte, war für Rußland so unantastbar wie das Wort Gottes.

»Erheben Sie sich, Borja Stepanowitsch«, sagte Bulganow mit plötzlich belegter Stimme.

Tugai stand auf. Er zog seinen zerrissenen, schmutzigen Uniformrock zurecht, so gut es ging, und strich sich mit den Händen über das Haar. An Saborow, der Ratte, sah er vorbei. Borjas Blick blieb an der Zellenwand hängen, in deren Verputz während der vergangenen Jahre die Gefangenen mit ihren Fingernägeln ihre Namen, Flüche oder Gebete hineingeritzt hatten. *Gott sei mit Rußland*, hatte ein Unbekannter geschrieben. *Aber wo ist Gott?*

»Der Zar gibt das Urteil bekannt.« Der lange, dürre Mensch im schwarzen Anzug räusperte sich und blickte Tugai über seine Brille hinweg an. »Borja Stepanowitsch Tugai, Leutnant der Gardekavallerie, 1. Schwadron . . .«

»Zur Stelle!« antwortete Borja laut.

»Unser allergnädigster Zar hat befunden, daß der Verrat an Gott, Vaterland und Zar ein abscheuliches Verbrechen ist. Das Sondergericht hat einstimmig beschlossen, Sie, Leutnant Tugai, wegen Ihrer Schuld mit dem Tode zu bestrafen.«

Eine Weile war es völlig still in der Zelle. Bulganow atmete schwer, Saborow grinste noch immer, die zehn Soldaten, die als Begleitung mitgekommen waren, blickten zu Boden.

Borja nickte. Er hatte nichts anderes erwartet. »Ich danke dem Zaren«, sagte er unbewegt.

Der lange, dürre Mensch rückte seine Brille gerade und blickte wieder in die Mappe. »Der Zar in seiner großen Güte«, fuhr er fort, »hat die Gnade über das Recht gestellt.

Er hat befohlen, die Todesstrafe umzuwandeln in eine Verbannung nach Sibirien auf zwanzig Jahre.«

Es war, als falle plötzlich in den heißen Sommertag der eisige Sturm der unendlichen Taiga ein. Kälte durchzog alle, die diese Worte hörten. Major Bulganow kaute an der Unterlippe. Fassungslos starrte Borja Tugai den Abgesandten des Gerichts an.

»Zwanzig Jahre Sibirien ...«, sagte er leise.

»Der Zar in seiner Güte ...«

»In seiner Güte?« schrie Tugai plötzlich auf.

Alle zuckten zusammen. Die Vision der vereisten, riesigen Flüsse, des heulenden Schneesturms, der hungrigen Wolfsrudel und der undurchdringlichen Wälder verflog.

»Güte? Warum tötet er mich nicht sofort? Warum will er mich zwanzig Jahre lang sterben lassen? Das ist eine durch nichts zu überbietende Grausamkeit! Major Bulganow, ich bitte um Papier und Tinte. Ich will dem Zaren schreiben. Ich bitte um meine Erschießung! Zwanzig Jahre Sibirien! Nie, nie! Eher renne ich mir den Schädel an der Wand ein!«

»Beruhigen Sie sich, Borja Stepanowitsch.« Bulganow wischte sich mit bebenden Händen über das Gesicht. »Man kann auch Sibirien überleben.«

»Kennen Sie einen, der zwanzig Jahre überlebt hat?«

Bulganow schwieg. Er hatte noch niemanden zurückkommen sehen aus der Taiga, mit Ausnahme einiger Mönche, der Handelskarawanen und Soldaten. Deportierte verschwanden in der unendlichen Weite der Landschaft, als seien sie nur Wassertropfen, die ein riesiger Schwamm aufsaugt.

»Ich will erschossen werden!« schrie Borja wieder. »Das ist keine Gnade, das ist eine Teufelei des Zaren! Gott verfluche diesen Mörder!«

»Ich werde diese Worte an Seine Majestät weitergeben,« sagte Saborow schleimig. »Diese Undankbarkeit! Man läßt Ihnen das Leben, und Sie verfluchen diese Güte.«

»Wenn es einen Gott gibt, Saborow«, sagte Tugai bebend, »dann werden auch Sie eines Tages in Sibirien landen.«

Der Untersuchungsrichter wurde bleich, drehte sich schroff um und verließ die Zelle. Major Bulganow winkte den Soldaten, gleichfalls zu gehen. Sie stampften hinaus, und auch der Abgesandte des Gerichts war froh, diesen Ort verlassen zu können. Ihm standen noch zwei harte Stunden bevor. Er hatte die Urteile allen Dekabristen zu verlesen, und Leutnant Tugai war der erste gewesen.

»Was ist mit den anderen?« fragte Tugai, als er mit Bulganow allein war. »Trubetzkoi?«

»Sibirien.«

»Wolkonsky?«

»Sibirien.«

»Murawjeff?«

»Sibirien.«

»Lobkonow?«

»Sibirien.«

»Tschuschinsky? Abnojeff? Zynewsky?«

»Zum Tode durch Erhängen verurteilt. Ohne Begnadigung.«

»Die Glücklichen!« Tugai lehnte sich an die Wand. »Aber ... erhängen ...«, sagte er nach einer Weile kaum hörbar.

»Es sind Zivilisten, keine Offiziere.«

»Wer wird erschossen?«

»Niemand. Sie werden alle erhängt.«

»Und dieser Zar betet noch in einer Kirche, ohne daß ihm das Dach auf den Kopf stürzt!«

»Wolltet ihr nicht auch töten?«

»Nein. Wir wollten ihn nur absetzen und eine neue Verfassung proklamieren ... im Sinne der französischen Aufklärung. Freiheit, Recht und Brüderlichkeit für alle Menschen! Ist das zuviel verlangt?«

»Es ist eine Utopie, Borja Stepanowitsch.«

»Mein Gott, wir sind doch alle Menschen!«

»Aber was ist der Mensch in Rußland? Ihr wolltet ein Pferd satteln, das blind, lahm und taub ist. Daran seid ihr gescheitert.«

»Geben Sie mir Feder und Papier, Major.« Tugai setzte sich an den kleinen wackligen Holztisch. »Ich muß dem Zaren schreiben. Ich verzichte auf die Gnade des langsamen Sterbens. Ich ziehe nicht in die Taiga. Von mir aus soll er mich wie die anderen aufhängen lassen.«

Bulganow nickte und ging. Er kam nach zehn Minuten mit dem erbetenen Schreibzeug zurück.

Das Urteil des Sondergerichts beschäftigte ganz Europa. Die wenigen Todesurteile wurden hingenommen – bei Landes- und Hochverrat haben Politiker immer viel Verständnis für Rache. Dagegen bewunderte man den Großmut des Zaren, den größten Teil der Aufständischen zu begnadigen und sie ›nur‹ in die Verbannung zu schicken. Der diplomatische Schachzug Nikolaus' I. zeitigte Früchte: Ein so edler Zar war ein willkommener Partner für ganz Europa. Wehte in Rußland wirklich ein moderner, freiheitlicher Geist? Die Urteile vom 12. Juli 1826 schienen es zu beweisen.

Zwanzig Jahre Sibirien ... Gut, die Taiga ist noch ein wildes Land. Da hat man im Sommer vierzig Grad Hitze und im Winter fast siebzig Grad Kälte. Unvorstellbar, aber immerhin auszuhalten. Wenn bereits Tausende an den großen Strömen und in den riesigen Wäldern lebten, wenn es die Menschen in den Handelsdörfern der Stroganoffs, der reichsten Kaufleute der Welt, aushielten, wenn Popen dort ihre Holzkirchen errichteten und Soldaten und Kosaken immer neue Gebiete erschlossen und kleine, befestigte Lager bauten, dann konnten auch ein paar Hitzköpfe wie die Dekabristen dort leben. Wirklich, der Zar ist gütig!

Nur die Verurteilten selbst wußten, was sie in Sibirien wirklich erwartete. Sie alle, Fürst Trubetzkoi, Wolkonsky und die anderen, handelten wie Tugai, schrieben dem Zaren und baten um ihren Tod.

Auch im Palais des Grafen Koschkin löste das Urteil Entsetzen aus. Marina Iwanowna, Ninotschkas Mutter, weinte in ihrem Zimmer. Pawel Michailowitsch schloß sich in seiner Bibliothek ein und wollte niemanden sehen und sprechen. Ninotschka aber befahl, die Kutsche vorfahren zu lassen, ließ von ihrer Amme Katharina Ifanowna die Koffer packen und sagte zu dem Kutscher Miron: »Wenn du Verwandte hast, nimm Abschied von ihnen. Wir haben einen langen Weg vor uns und werden nicht mehr zurückkehren.«

»Ich bin allein auf der Welt, Hochwohlgeboren. Ich werde überall sein, so Sie mich brauchen.«

»Wir werden Petersburg nicht wiedersehen.«

»Man kann überall in Rußland leben, weil es Rußland ist.« Miron half Ninotschka in den Wagen und reichte ihr den Sonnenschirm nach. Sie sah wunderschön aus, als sie ihn aufspannte und sich zurücklehnte in die hellblauen Seidenpolster. Das weiße, mit Blumen bestickte Kleid, der breitrandige Hut aus Tüll, darunter das schmale Gesicht, eingerahmt von dem bis auf die Schulter fallenden schwarzen Haar – es war ein Bild wie aus einem Märchen. Aber welche Kraft verbarg sich hinter dieser Zartheit, wieviel Mut und wieviel Liebe!

»Sibirien, Hochwohlgeboren«, sagte Miron stockend, »ist wie ein wildes Tier. Ich hatte einen Vetter, Kusma Petrowitsch. Ein starker Mann war er, nicht so kräftig wie ich, aber immerhin ... Er war Gehilfe bei dem Handelshaus Fiffjew. Es hat viele Wagenzüge laufen, holt Pelze und Salz, Edelhölzer und hundert andere Schätze aus Sibirien nach Moskau und Nowgorod. Und Kusma war immer dabei, vorneweg auf den Pferdchen, im Winter wie im Sommer.

Drei Jahre lang brüllte er herum, wie herrlich die Taiga sei. Im vierten Jahre wurde er stiller, im fünften begann er abzumagern, nach sieben Jahren brachte man ihn krank zurück. Er konnte nur noch an Krücken laufen und sagte immer nur: ›Die Taiga ist die Hölle, Brüderchen, die Hölle! Gott hat Sibirien erschaffen, um die Menschheit zu bestrafen. Kommt jemand auf den Gedanken, dich nach Sibirien zu schicken, häng dich lieber vorher auf.«

Ninotschka sah ihren Kutscher lange an. Dann sagte sie leise: »Miron Fedorowitsch, du wirst dich aufhängen müssen ...«

»So war es nicht gemeint, Hochwohlgeboren! Sagte ich es nicht – Kusma Petrowitsch war nicht ganz so stark wie ich.« Miron warf den Wagenschlag zu, ging nach vorn, kletterte auf den Sitz und schnalzte mit der Zunge. Die beiden Pferde zogen an und trabten durch das große Hoftor hinaus auf die Straße.

Diesmal empfing der Zar Ninotschka nicht mehr. Ein Leiblakai brachte das Billet zurück, das Ninotschka abgegeben hatte, und zuckte stumm die Schultern. Der Zar hatte das Billet gelesen und es dann stumm auf den silbernen Teller zurückgeworfen. Das Kapitel der Dekabristen war abgeschlossen, die Wirrköpfe und politischen Dilettanten abgeurteilt, die Ruhe in Rußland wiederhergestellt – wenigstens nach außen hin.

Fünf Stunden wartete Ninotschka vor dem Winterpalast. Sie saß in der glühenden Sonne unter ihrem Schirm und schickte den Lakai viermal mit ihrer Bittschrift hinein. Beim fünftenmal weigerte er sich.

»Ich komme nur noch bis zum zweiten Vorzimmer, Hochwohlgeboren. Beim letztenmal haben sie mir eine Ohrfeige gegeben. Seien Sie vernünftig, fahren Sie nach Hause, der Zar nimmt keine Bittbriefe mehr an.«

Ninotschka saß da wie versteinert, und alles erinnerte sie an den schrecklichen Winter, in dem sie vor der Festung gewartet hatte, bis die Standhaftigkeit der Frauen selbst einen General wie Lukow umgeworfen hatte. Aber im Winter konnte man sich in Pelze wickeln, ins warme Stroh kriechen, sich in Decken einhüllen. Gegen die Hitze aber gab es nichts. Man mußte sich braten lassen in der Sonnenglut.

Am Nachmittag fuhren noch neun Kutschen vor. Die Fürstinnen Trubetzkoi und Wolkonsky scheiterten ebenso wie Ninotschka. Ihre Billets wurden erst gar nicht angenommen. Dafür trat ein Oberst aus der Tür und verkündigte, daß er den Platz durch Militär räumen lassen würde, wenn die Frauen nicht verschwänden.

»Aha, der Oberst Graf Dragowitsch!« rief die Trubetzkoi. Sie stand in ihrer mit der Fürstenkrone geschmückten, offenen Kutsche, und ihre Stimme hallte über den Platz. »Ostern 1825 hat er noch an meiner Seite sein Brot vom Metropoliten segnen lassen. Und jetzt will er uns wegjagen wie streunende Hündinnen!«

Der Oberst senkte den Kopf, drehte sich schroff um und ging in den Palast zurück. Wenig später marschierte ein Trupp Gardeinfanterie aus dem Tor.

»Gott schütze den Zaren!« rief die Trubetzkoi. »Er wird es nötig haben!« Sie gab ihrem Kutscher mit dem Sonnenschirm einen Schlag auf die Schulter und ließ sich in die Polster zurückfallen. Die Kutsche fuhr an, die anderen folgten.

Miron Fedorowitsch blickte sich nach Ninotschka um. »Und wir?« fragte er.

»Ihnen nach, Miron!« befahl sie.

Als die Infanteristen erschienen, war Ninotschka aufgesprungen. Nun setzte sie sich. Sie sah, daß die anderen Kutschen am Ufer der Newa warteten. Eine kleine Volksmenge hatte sich um sie versammelt, und die Fürstin Trubetzkoi hielt eine Rede über das Schicksal der verurteilten Dekabristen. »Wir müssen jetzt immer zusammenbleiben und wachsam sein. Wir müssen dabeisein, wenn unsere Männer abtransportiert werden«, sagte sie am Schluß.

Miron schüttelte den Kopf. »Man wird es nicht zulassen, daß Euer Hochwohlgeboren sie begleiten.«

»Wer will uns hindern?«

»Das Militär. Ein Ukas des Zaren.«

»Kann er verbieten, über das Land zu fahren?«

»Ein Zar kann alles, das wissen wir, Hochwohlgeboren«.

»Warten wir es ab, Miron. Es ist unmöglich, Sibirien abzusperren.«

»Aber die Straßen, über die man die Verurteilten bringt!«

»Glaubst du?« Ninotschka lehnte sich zurück und drehte den Schirm. Es sah spielerisch aus, die Spitzenvolants flogen durch die Luft. Aber was so fröhlich wirkte, war nur das Abreagieren einer unerträglichen inneren Spannung. »Wolfsrudel werden sie auf ihrem Weg begleiten. Die kann man auch nicht verjagen. Gut, dann werden auch wir die Wölfe sein. Bereite dich darauf vor, Miron.«

»Ich bin schon auf dem Weg!« Der Kutscher schnalzte mit der Zunge. »Ich sehe die Taiga schon vor mir, Euer Hochwohlgeboren.«

V

In der Morgendämmerung des 14. Juli klapperten wieder die Schlüssel vor Borjas Zellentür. Sie wurde aufgestoßen, und ein unbekannter, junger Offizier trat ein.

Borja, der seit seiner Verurteilung nicht geschlafen hatte und in der brütend heißen Luft seines Gefängnisses unruhig hin- und hergelaufen war, immer noch hoffend, daß der Zar die Verbannung nach Sibirien doch noch in die Todesstrafe umwandeln würde, fuhr herum. Dem Offizier folgte ein Feldwebel, der eine neue Uniform über dem Arm trug. In der anderen Hand hielt er Tugais Offiziersdegen. Eine wahnsinnige Hoffnung stieg in Borja auf.

»Sie bringen mir meine Uniform, Kamerad?« fragte er heiser vor Erregung.

Der junge Leutnant blickte an Tugai vorbei aus dem Zellenfenster. »Bitte, kleiden Sie sich an«, antwortete er steif. »In einer Stunde werden Sie abgeholt.«

»Der Zar hat uns begnadigt?«

»Ich habe nur einen Befehl auszuführen.«

Borja nahm die Uniform. Er zog seinen zerrissenen Rock aus und schlüpfte in die neue Tunika. Sie paßte, wie vom besten Schneider Petersburgs gemacht.

»Ich habe gar nicht gemerkt, daß man mir Maß genommen hat«, sagte Borja fröhlich. »Aber eine so schöne Uniform an einem so schmutzigen Körper? Das wäre fast eine Entweihung, Kamerad.«

»Der Feldwebel hat den Befehl, Ihnen beim Baden behilflich zu sein, Sie zu rasieren und Ihnen die Haare zu schneiden.« Der junge Leutnant riß seinen Blick von dem Stück Himmel hinter dem vergitterten Fenster los und wandte sich zur Tür.

»Also doch Begnadigung!« rief Borja. »Fürs Aufhängen und für Sibirien gibt es keine neue Uniform, und man wird auch nicht rasiert ... Sagen Sie doch etwas, Kamerad ... nur ein Wort!«

»Beeilen Sie sich!« Der Leutnant verließ schnell die Zelle. Der Feldwebel, ein untersetzter Mann mit einem breiten Gesicht, trat zur Seite. »Das Bad ist gleich nebenan.« Er sprach ein sehr hartes Russisch und mußte aus den nördlichsten Provinzen kommen.

In dem angrenzenden Raum standen vier große Holzkübel mit heißem Wasser. Dampf wallte Tugai bei seinem Eintritt entgegen und nahm ihm fast den Atem. Dann sah er, daß drei Kübel besetzt waren und neben jedem ein Soldat stand, der den Insassen abschrubbte. Borja erkannte den Fürsten Murawjeff, den Philosophen Jefim Lobkonow und den zierlichen Fähnrich Zabinsky, der bei der Verurteilung geweint hatte wie ein Kind.

»Willkommen!« schrie Lobkonow Borja entgegen. »Zieh dich aus, mein Freund, und hinein in die Banja! Sie werden ästhetisch in Rußland. Nur blankgeschrubbte Leute sollen am Galgen hängen! Was hast du bekommen, Borja Stepanowitsch?«

»Zwanzig Jahre Verbannung.«

»Trubetzkoi lebenslänglich! Diese Idioten von Richtern! Ich habe fünfzehn Jahre. Wozu das? Ich überlebe den Transport sowieso nicht. Und der kleine Zabinsky soll zehn Jahre frieren . . .«

Tugai schwieg. Er zog sich aus, kletterte in das große Holzfaß und schnappte nach Luft, so heiß war das Wasser. Der Soldat begann, ihn mit Seife und einer Bürste abzuschrubben, übergoß ihn mit Wasser und sagte schließlich: »Bitte heraussteigen, Herr Leutnant.« Und dann kippte er drei Eimer eiskalten Wassers über Borjas dampfenden, von der Hitze geröteten Körper. Das war ein Schock! Tugai preßte die Zähne zusammen, aber schon eine Minute später empfand er, wie gut das gewesen war. Er fühlte, wie sein Blut lebhafter durch die Adern jagte.

Nebenan, in seiner Zelle, zog er dann die neue Uniform an, ließ sich von dem Feldwebel rasieren und die Haare stutzen. Dann schnallte er seinen Degen um und merkte, wie seine Hand dabei zitterte. Von draußen, weit entfernt, hörte er Trompetenklänge und dumpfen Trommelwirbel.

»Was hat das zu bedeuten, Feldwebel?« fragte Borja. Die Kehle war ihm plötzlich wie zugeschnürt. Der Feldwebel hob die alte, zerrissene Uniform auf und schwieg.

»Das klingt doch wie zur Parade«, fuhr Tugai fort.

»Alle Regimenter in St. Petersburg haben Alarm. Sogar die Artillerie. Mehr weiß ich nicht.« Der Feldwebel preßte die alten Sachen an sich, verließ die Zelle und warf hinter sich die Tür zu. Niemand schloß sie mehr ab.

Borja drückte sie wieder auf und blickte in den Gang. Die Wärter lehnten an den Wänden und sahen zur Seite, als sie ihn erblickten. Fürst Wolkonsky in seiner Generalsuniform trat auf den Flur. Sein Bart war gestutzt, sein Haar sauber gekämmt. Auch er trug seinen Degen, weiße Handschuhe und blitzende Stiefel.

»Verstehen Sie das, Borja Stepanowitsch?« rief er Tugai zu. »Sollen wir einen Parademarsch nach Sibirien machen? Die ganze Garnison ist auf den Beinen.«

Am anderen Ende des langen Ganges erschienen jetzt der Gefängnisarzt, Dr. Blobkow, und der Priester, Vater Eftemian, und betraten die erste Zelle. Von draußen ertönte Pferdegetrappel, der Marschtritt von Soldatenstiefeln und das Räderrollen von Kutschen. Dann hörte man einige laute Kommandos.

Wolkonsky winkte Borja zu. »Erwarten Sie, daß man uns mit einem Aufmarsch aller Truppenteile ehrt? Mein lieber junger Freund, ich möchte wetten, daß man sich da eine ganz besondere Teufelei ausgedacht hat!«

Dr. Blobkow und Vater Eftemian gingen unbeirrt von Zelle zu Zelle. Auch zu Tugai kamen sie, die Betreuer des Leibes und der Seele.

»Ich brauche nichts«, sagte er, als der Arzt ihn fragte, ob er sich krank fühle. »Und mit Gott bin ich im reinen. Aber wenn Sie mir die Wahrheit sagen ...«, mit einem wilden Ausdruck starrte er den Priester an, »wenn Sie mir verraten, was man da draußen vorbereitet ... dann können Sie mich segnen, Vater.«

»Wir wissen gar nichts.« Vater Eftemian faltete die Hände unter dem langen weißen Bart. »Von allen Seiten rückt Militär heran, das haben wir gesehen. Und auf dem Platz vor dem Petrowsky-Tor hat man einen Galgen aufgebaut.«

»Und wir? Und diese neue Uniform? Sollen wir die Kulisse für ein mörderisches Volksfest abgeben? Was für eine Infamie! Das hat sich ein krankes Gehirn ausgedacht!«

Unter den Gefangenen hatte sich Unruhe verbreitet. Die zum Tode Verurteilten waren die einzigen, die nicht an ihr Ende glaubten.

»Paßt auf!« rief der junge Advokat Rymnakoff, als er von der Banja in seine Zelle zurückgeführt wurde. »Der Zar will nur ein neues Schauspiel bieten. Im Angesicht des Galgens begnadigt er uns.«

Eine Stunde später schallten die Befehle zum Heraustreten durch die Gänge. Die 120 Verurteilten trafen sich unten im Hof, begrüßten sich und bewunderten sich in ihren Galauniformen oder zivilen Sonntagsröcken. Graf Puschkonow trug sogar einen Frack, als ginge er zum Ball.

Eine Kompanie Soldaten umringte die Verurteilten. General Lukow erschien zu Pferd, auch er in Galauniform und wehendem weißem Federbusch auf dem Helm. Ein Hauptmann rief alle Namen auf, und die Genannten traten vor und riefen: »Zur Stelle!«

General Lukow brüllte einen Befehl, das Tor öffnete sich, eine Abteilung Reiter sprengte in den Hof und umzingelte die Dekabristen. »Los! Marsch!« schrie jemand, und die Gefangenen setzten sich in Bewegung. Sie marschierten durch das Petrowsky-Tor aus der Festung und hinaus auf den weiten Platz. Hier standen nur wenige Zuschauer, einige Generale, Abgeordnete der Regierung, Diplomaten ausländischer Staaten, Beobachter aus der engsten Umgebung des Zaren. Ein paar Kutschen standen hinter dem hohen Galgengerüst, an dem fünf dicke Stricke baumelten.

In der Mitte des Platzes brannten große Feuer in eisernen Kübeln. Der Rauch stieg in den Himmel, und Soldaten waren dabei, die Flammen mit langen Eisenstangen zu schüren. Henker in langen roten Kitteln winkten den Soldaten zu, wohin sie die Verurteilten führen sollten.

In der Mitte des Platzes blieben die Männer stehen. Die Reiter entfernten sich. Und jetzt erst sahen die Verurteilten, daß rund um den Platz die Abgeordneten aller Petersburger Regimenter aufmarschiert und auch vier Kanonen an den vier Ecken aufgestellt waren, als sollten sie Salut schießen. Aus der Festung kam jetzt ein Trommlercorps. Es stellte sich an der Mauer auf und legte auf ein Kommando die Schlegel auf die Trommelfelle.

»Ich weiß immer noch nicht, was das soll«, sagte Fürst Wolkonsky. »Bisher war das Aufhängen kein Opernakt.«

Die Trommeln begannen zu dröhnen. Ihr Wirbel steigerte sich und brach dann abrupt ab. General Lukow ritt auf den Platz, ihm folgte ein Adjutant mit einer ledernen Mappe. »Im Namen des Zaren wird noch einmal das Urteil verlesen!« schrie Lukow. »Wer genannt wird, tritt vor.«

Der Adjutant begann mit heller, weittragender Stimme. Und sie alle traten vor, die Träger der ältesten, berühmtesten und besten Namen Rußlands, hörten ihr Urteil – Tod oder Verbannung –, und beides bedeutete das Ende ihres Lebens.

General Lukow räusperte sich. Er starrte Graf Murawjeff an, dessen Generalsuniform mit den goldenen Epauletten und Litzen in der frühen Morgensonne glänzte.

»Der Zar nimmt Ihnen die Ehre, Offizier zu sein!« rief Lukow plötzlich. Es war eine Qual, diesen Befehl auszuführen, denn Murawjeff war sein Freund, aber ein Soldat muß gehorchen.

»Auf die Knie!« schrie Lukow. Seine Stimme überschlug

sich. Einer der rotgekleideten Henker trat hinter Graf Murawjeff, drückte ihn an den Schultern auf die Knie, zog ihm den Degen aus der Scheide, warf die Orden in den Staub, trennte die Litzen von dem Rock. Murawjeff rührte sich nicht; er war wie versteinert.

»Das läßt du zu, Prokor Grigorjewitsch?« fragte er mit zitternder Stimme, als der Henker ihm die Generalstunika vom Oberkörper zerrte und in eines der Feuerbecken warf.

General Lukow wandte sich ab. Tränen schossen ihm in die Augen. Nur der Adjutant blieb noch stehen, starrte auf den knienden Murawjeff und rief mit bebender Stimme: »Alle anderen auch auf die Knie!«

Als zöge man an einer Schnur, so sanken die Verurteilten mit einem Ruck zu Boden. Der Henker vor General Murawjeff hob den Degen hoch und packte ihn mit beiden Händen. Dann ließ er ihn flach auf Murawjeffs Kopf niedersausen, und zerbrach hinterher die Klinge. Die Kopfhaut des Generals platzte auf, Blut rann über sein Gesicht.

Die große Degradierung hatte begonnen, der Ausstoß aus der menschlichen Gemeinschaft.

Jeder der Verurteilten durchlebte diese Minuten der tiefsten Erniedrigung, und es waren Minuten, die sich in ihre Herzen einbrannten und dort Wunden zurückließen, die nie wieder heilen würden.

Trubetzkoi und Wolkonsky hatten die Augen geschlossen, als ihnen die rotgewandeten Henker die Röcke vom Oberkörper rissen und in die auflodernden Feuer warfen. Der Philosoph Lobkonow zog seinen Frack ohne Hilfe der Henker aus und ging damit zu einem der Feuerbecken, stopfte ihn hinein und spuckte dann darauf.

Beißender Rauch zog über den Platz, wehte bis hin zu den wenigen Zuschauern in ihren Kutschen und ließ die Augen der Diplomaten und Generale tränen. Stumm, in einem weiten Karree standen die Abordnungen aller Petersburger Regimenter und starrten auf das Schauspiel. Zwar lebten die Aufständischen noch, und die fünf zum Tode Verurteilten würden am nächsten oder übernächsten Morgen ohne eine große Zuschauermenge aufgeknüpft werden, aber man fragte sich, wer den besseren Teil erwählt hatte – diejenigen, die sterben mußten, oder die, denen man das Leben ließ, damit sie in den Weiten Sibiriens umkamen.

Sibirien – das war ein anderes Wort für Hölle.

Sibirien – das war ein unendliches, von riesigen Strömen und Sümpfen durchzogenes Land. Das waren Wälder, durch die man wochenlang reiten konnte. Das war noch ein Stück aus dem dritten Schöpfungstag, als Gott gesagt hatte: Die Erde bewachse sich mit Bäumen und Gräsern und die Flüsse tränken das Land.

Sibirien – das war das letzte große Schweigen auf dieser Welt.

Über eine Stunde dauerte die Degradierung der Verurteilten, das Zerbrechen der Degen, das Verbrennen der Röcke und Tuniken, der goldenen Litzen und Epauletten. Dann wurden auf einem Bauernkarren ein Haufen grauweiß gestreifter Sträflingskleider herangefahren. Die Henker rissen sie herunter und warfen sie wahllos den Verurteilten zu. Borja erhielt einen Kittel, in den er sich hätte einrollen können. Und der riesige Lobkonow zwängte sich in einen, der für einen Zwerg zugeschnitten worden sein mußte. Auch Trubetzkoi bekam zu enge Kleider, und Wolkonsky stolzierte durch die Reihen und zeigte mit bitterem Galgenhumor allen seine gestreifte Jacke, die wie ein halblanger Mantel aussah.

»Antreten in Reih und Glied!« brüllte eine laute Kommandostimme. Die Militärkapelle spielte einen Marsch, wieder dröhnten die Trommeln, und die Verurteilten formierten sich und kehrten mit stolz erhobenen Häuptern in die Festung zurück. Und als sie über ihre zerbrochenen Degen marschierten, traten sie bewußt hart auf die Trümmer ihrer Ehre. Und Fürst Murawjeff gab jedem Degenstück, das vor ihm auftauchte, einen Tritt und schleuderte es weit weg.

Langsam schlossen sich die Torflügel hinter den Dekabristen. Zum letztenmal waren sie unter freien Menschen gewesen – von jetzt an begann die Verbannung, das Leben der toten Seelen.

Die Zuschauer auf dem Platz lehnten sich in die Polster ihrer Kutschen zurück und gaben ihren Kutschern das Zeichen davonzufahren. Die Offiziere ritten fort, die Abordnungen der Regimenter marschierten schweigend davon.

Nur der französische Botschafter überwand den Schock dieser Stunde und sagte zu seinem Gast, einem Herrn aus Schweden:

»Mon chèr, dagegen war die Guillotine eine ausgesprochen humane Einrichtung!«

Das Schauspiel vor der Peter-Pauls-Festung sprach sich schnell in Petersburg herum, so klein auch der Kreis derjenigen gewesen war, der ihm beigewohnt hatte.

In den Palais der Verurteilten breitete sich eine unruhige Geschäftigkeit aus.

Auch bei Graf Koschkin erschien der Kutscher Miron Fedorowitsch und bat darum, noch ein paar der großen Holzkoffer mit den Kleidern des gnädigen Fräuleins mitnehmen zu können.

Koschkin ließ Miron in die Bibliothek bringen. Zum erstenmal in seinem Leben stand der bärtige Kutscher mit seinen groben Bauernstiefeln auf einem echten persischen Teppich. Man hätte sich die Schuhe ausziehen müssen, dachte er. Unter den Sohlen klebt noch Stallmist. Hinterher wird man mich ein Schwein nennen und durch das Haus prügeln.

»Wo ist Ninotschka?« fragte Koschkin und blieb dicht vor Miron stehen. »Miron Fedorowitsch, ich gebe dir hundert Rubel ...«

»Soviel Rubel hat nicht einmal ein Zar, daß ich zum Verräter werde, Euer Hochwohlgeboren.« Der Kutscher senkte den breiten Schädel. »Ihr könnt mich schlagen, bis ich umfalle ...«

»Warum versteckt sie sich wieder vor mir? Warum ist sie nach der Verurteilung der Dekabristen zum zweitenmal bei Nacht und Nebel aus ihrem Elternhaus davongelaufen? Warum vertraut sie mir nicht? War ich ihr nicht immer ein guter Vater?«

Koschkin lief in dem großen Zimmer auf und ab. Draußen, in dem kleinen Park, der bis an die Newa stieß, glänzte die Sommersonne auf Blütensträuchern und saftigem Rasen. Ein marmorner Springbrunnen plätscherte, umgeben von einem Kranz rotblühender Rosensträucher. »Du willst ihre letzten Kleider holen?« fragte der Graf.

»Ja, Herr ...«

»Sie wird mit Borja nach Sibirien ziehen?«

»Ich weiß es nicht.«

»Natürlich weißt du es, du Halunke.« Koschkin blieb stehen. »Ich könnte dich in Ketten legen lassen! Du bist mein Leibeigener! Du gehörst mir ganz allein! Du bist ein Nichts!«

»Ich weiß es, Hochwohlgeboren. Aber es wird genug Kutscher geben, die zwei Pferde vernünftig lenken können.«

»Also geht es doch nach Osten!« Koschkin ballte die Fäuste. Sein Gesicht zuckte. »Ich werde den Zaren auf Knien bitten, diesen Wahnsinn zu unterbinden. Mit Gewalt sollen sie die verrückten Weiber zurückhalten! Ninotschka nach Sibirien ... Ich werfe mich vor eure Kutsche, Miron! Wirst du über mich hinwegfahren? Wirst du das wirklich?«

»Ja, Euer Hochwohlgeboren.« Miron Fedorowitsch zögerte keinen Augenblick mit der Antwort. Dieses Ja konnte ihn den Kopf kosten, es konnte als eine Morddrohung gegen seinen Herrn ausgelegt werden. Daß Miron es trotzdem aussprach, bewies Koschkin, wie tief in dem Kutscher die Liebe zu seiner jungen Herrin verwurzelt war.

»Ich möchte Ninotschka noch einmal sprechen«, sagte Koschkin leise und trat an eine der hohen Türen, die auf die Terrasse führten. »Miron, ein alter, von Kummer gebeugter Vater bittet dich darum. Ich verspreche dir, wenn ich Ninotschka noch einmal sehen kann, bist du kein Leibeigener mehr. Dann schenke ich dir die Freiheit.«

Über Mirons Gesicht lief ein Zittern. »Ich bin dann keine ›Seele‹ mehr, Euer Hochwohlgeboren?« fragte er heiser vor Erregung.

»Nein. Du bist frei wie ich.«

»Die Platkows haben seit zwei Jahrhunderten den Koschkins gehört ...«

»Ab morgen kannst du hingehen, wohin du willst. Nur führe mich zu meiner Tochter. Sag ihr, daß ich nichts von ihr will, als sie umarmen. Es wird die letzte Umarmung sein, Miron Fedorowitsch.«

»Ich will es versuchen, Hochwohlgeboren.« Der Kutscher ging zur Tür. Er bemühte sich, auf Zehenspitzen zu gehen, um den wertvollen Teppich nicht noch mehr mit seinen

Stiefeln zu beschmutzen. »Ich komme wieder, wenn es genehm ist.«

»Zu jeder Zeit.« Koschkin wandte sich ab. In seinen Augen schimmerte es feucht, aber er schämte sich nicht, vor einem Leibeigenen zu weinen. »Auch in der Nacht. Immer, wann Ninotschka mich sehen will . . .«

»Ich werde sie überreden, das schwöre ich«, sagte Miron mit tiefem Ernst. »Bitte, Hochwohlgeboren, lassen Sie mich nicht verfolgen. Es kostet nur Zeit und hat keinen Zweck. Ich kann reiten wie der Graue Jäger . . .«

Koschkin nickte stumm. Der Graue Jäger — das war ein sibirisches Märchen von einem Mann, den Gott dazu verurteilt hatte, immer mit dem Wind um die Wette zu reiten.

»Ich warte, bis du wiederkommst«, sagte Koschkin dann leise.

VI

Wie im Palais Koschkin begann das große Packen auch bei den Trubetzkois, Wolkonskys und Murawjeffs. Zweiundvierzig Frauen waren bereit, mit ihren Männern nach Sibirien zu ziehen. Sie nahmen alles mit, was man für den Rest seines Lebens brauchte: vom Bettzeug bis zum Kochtopf, von der Teetasse bis zur Pelzdecke. Vor allem aber luden sie Werkzeuge in ihre Wagen, Sägen und Äxte, Zangen und Nägel, Eisendraht und Riegel, Stahlwinkel und dicke Stricke.

Die Fürstin Trubetzkoi nahm die halbe Waffensammlung samt Munition aus den Schränken ihres Mannes mit. Und Ninotschka ließ durch Miron drei gute Flinten kaufen, viertausend Schuß Munition und zwei große Reiterpistolen, wie sie Borja früher in seinen Satteltaschen gehabt hatte. So ausgerüstet, warteten die Frauen auf den Abtransport der Verbannten.

Da niemand wußte, wann der große Treck beginnen sollte, stellte man Wachen aus, die Tag und Nacht die Festungstore belagerten und durch Meldereiter sofort die wartenden Frauen alarmieren konnten. Die Wagen und Kutschen standen abfahrbereit, die Pferde erhielten das beste Futter; sie wurden kräftig und schäumten vor Übermut.

Aber sonst merkte in Petersburg kaum jemand, daß die mit Blut und Tränen geschriebene Geschichte Rußlands um ein Kapitel der Liebe bereichert werden sollte, wie es noch nie aufgezeichnet worden war. Über die Dekabristen sprach man kaum noch. Der neue Zar schien ein guter Zar zu werden. Das Ausland bemühte sich darum, Handelsbeziehungen mit Rußland anzuknüpfen. Die Handwerker bekamen genug zu tun, nur auf dem Land, bei den Bauern, änderte sich nichts. Sie schufteten für ihr kärgliches Brot, stöhnten unter den Steuereinnehmern oder lieferten als Leibeigene allen Überschuß ihrer Felder auf den riesigen Gutshöfen ab, wo die feinen Herrchen saßen, spielten, tranken und sich amüsierten.

Viel war in den vergangenen Wochen geschehen. Am 14. Juli hatte man die fünf zum Tode verurteilten Dekabristen gehängt. Dann hatte sich der Zar offiziell krönen lassen, und einen Monat lang hatte ganz Petersburg ihn als den von Gott eingesetzten Herrscher gefeiert. Tag für Tag hatten die Militärkapellen flotte Märsche auf den Straßen gespielt, die Stadt war mit Fahnen geschmückt gewesen, und in den Gazetten hatten immer wieder Meldungen über großzügige Begnadigungen des Zaren gestanden, so daß man die fünf Revolutionäre leicht vergessen hatte, die mit dem Ruf: ›Gott segne Rußland!‹ am Galgen vor der Festung gestorben waren.

Jetzt lief das Leben wieder in ruhigen Bahnen dahin. Der Herbst kündigte sich an, die Mückenschwärme, die in den heißen Sommermonaten von den Inseln herüberkamen, blieben aus, und man fing an, sich auf den Winter vorzubereiten. Der Zar aber verhandelte mit aller Welt. Rußland offen nach allen Seiten, hieß die Devise.

Nur eine Richtung fehlte: der Osten. Sibirien ...

Aber dahin wollte sowieso niemand, jedenfalls nicht freiwillig.

Sieben Wochen mußte Graf Koschkin warten, ehe Miron Fedorowitsch wieder erschien und sagte: »Hochwohlgeboren, Ninotschka will Sie sprechen.«

Der Graf hatte in der Zwischenzeit alles versucht, um Ninotschkas Versteck zu erfahren. Er hatte ein Vermögen ausgegeben für Spitzel, die ihm Hinweise liefern sollten, aber es war vergeblich gewesen. Denn Ninotschka wohnte zu dieser Zeit im Palais der Fürstin Trubetzkoi, und dort hätte man sich eher die Zunge herausreißen lassen, als ein Wort zu verraten.

»Wo?« fragte Koschkin knapp. Sein Haar war schneeweiß geworden, sein Gesicht dürr und faltig, und er mußte sich jetzt stets auf seinen Stock mit der Elfenbeinkrücke stützen, den er früher eigentlich nur als Zierde benutzt hatte.

»Heute abend, Hochwohlgeboren«, erwiderte Miron. »Auf dem St.-Stephanus-Friedhof.«

»Wo?« Koschkin starrte den Kutscher entsetzt an. »Haust meine Tochter bei den Toten?«

»Die Toten sind still und harmlos. Bei ihnen gibt es keinen Verrat ...«

»Ich werde um acht Uhr auf dem Friedhof sein.«

»In der Dunkelheit, Hochwohlgeboren.« Miron verbeugte sich tief. »Es gab da ein Versprechen ...«

»Ich halte es, Miron Fedorowitsch. Heute abend bist du ein freier Mann.« Koschkin zog die Hand zurück, als Miron danach griff, um sie zu küssen. »Wie geht es meiner Ninotschka?«

»Sie besucht jede Woche Borja Stepanowitsch in der Festung und wartet auf die Erlaubnis des Zaren, den Leutnant nach Sibirien begleiten zu dürfen.«

»Stimmt es, daß der Fürstin Trubetzkoi die Reise gestattet worden ist?«

»Es stimmt. Jetzt warten die anderen Frauen auch darauf.«

»Aber Ninotschka ist mit Tugai nur verlobt!«

»Das hat ihr das Sekretariat des Zaren auch mitteilen lassen. Darum will das gnädige Fräulein Euer Hochwohlgeboren sprechen. Jetzt eilt es. Man erzählt sich, daß in Sibirien einige hundert Verbannte an neuen Lagern bauen und man nur wartet, bis sie fertig sind, um die Verurteilten dorthin zu bringen.«

»Wie kann ich Ninotschka nur helfen!« Koschkin setzte sich in einen Sessel. »Der Zar empfängt mich nicht mehr.«

»Es wird sich alles klären, Hochwohlgeboren. Bei Einbruch der Dunkelheit auf dem St.-Stephanus-Friedhof.« Miron verbeugte sich wieder tief. »Gott segne Sie.«

Pawel Michailowitsch Koschkin wartete, bis der Kutscher

gegangen war. Dann stand er ächzend auf und ging, gestützt auf seinen Stock, zu der Ikonenwand in der Ecke des Raumes, wo immer ein Ewiges Licht brannte. Dort sank der Graf auf einen mit rotem Samt bezogenen Betschemel nieder und drückte die gefalteten Hände gegen den zitternden Mund.

»Laß sie nicht umkommen, Herr«, stammelte er. »Gott, mein Gott, laß mein Töchterchen nicht in Sibirien untergehen!«

Ninotschka stand an diesem Morgen im Innenhof der Peter-Pauls-Festung an dem hohen Drahtzaun und wartete mit den anderen Frauen, daß die Türen auf der anderen Seite geöffnet wurden. Die Soldaten gingen wieder in dem schmalen Gang zwischen den Zäunen hin und her und gaben keine Antwort, als man ihnen zurief: »He du, wie geht es Michail Michailowitsch Lorkow? Du kennst ihn doch – den Oberst Lorkow! Der mit dem struppigen weißen Bart!«

Und die Gräfin Pornotsky steckte einen Hundertrubelschein durch den Draht und flüsterte einem Soldaten zu: »Nimm ihn, die Hälfte davon gehört dir. Von dem anderen Teil kauf meinem Mann einen Kuchen und süßes Gebäck. Sag, geht es ihm sehr schlecht?«

Der Soldat stampfte wortlos weiter. Auch die hundert Rubel – Gott im Himmel, was ist das für ein Vermögen für einen armen Grenadier! – blieben in der Hand der Gräfin. Sie lehnte die Stirn gegen das Drahtgitter und begann zu weinen.

»Kein Herz haben sie!« schluchzte sie. »Aus Holz sind sie! Man hat ihnen die Seelen herauskommandiert.«

Da endlich öffneten sich die Türen, die Verbannten kamen heraus, rannten an dem langen Zaun entlang und riefen die Namen ihrer Frauen.

Borja Stepanowitsch entdeckte Ninotschka sofort. Er schaffte es, seinen Arm durch eines der Drahtgitter zu stecken, nachdem er es auseinandergebogen hatte. Von der anderen Seite streckten sich ihm Ninotschkas Finger entgegen, und für einen winzigen Augenblick berührten sich ihre Fingerspitzen. Es war wie ein sanfter Hauch und doch eine der köstlichsten Zärtlichkeiten nach diesen Wochen des Wartens und der Ungewißheit, eine Zärtlichkeit, die sie vor Glück stumm machte.

»Wie schön du bist«, sagte Borja Tugai endlich. Er blickte Ninotschka an, als sei sie aus einer anderen Welt zu ihm gekommen. »Ich habe nie gewußt, daß man einen Engel lieben kann.«

Ninotschka drückte ihr Gesicht gegen das Gitter. Der Herbstwind spielte in ihrem langen schwarzen Haar. »Wie blaß du geworden bist, Borjuschka«, flüsterte sie und besaß die Kraft, ihre Tränen zurückzuhalten. »Werdet ihr nie an die Luft geführt?«

»Jeden Tag eine Stunde. Aber wir vermissen die Sonne nicht sehr. Wir werden in den heißen sibirischen Sommern genug von ihr bekommen.«

Dann schwiegen sie wieder, sahen sich nur an, und ihre Hände versuchten noch einmal, die wenigen Zentimeter zu überwinden, die sie trennten, und sie hörten nicht das Schluchzen um sich her, das Rufen, das Gestammel der anderen – diese Fülle von aufgestauter Sehnsucht, die sich jetzt entlud.

»Ist es wahr?« fragte Borja nach einer Weile, in denen er das zauberhafte Bild Ninotschkas in sich aufnahm, in sein Herz grub, um mit der Erinnerung daran später in der Einsamkeit der Taiga zu leben. »Ist es wahr, daß die Fürstin Trubetzkoi mit in die Verbannung gehen darf?«

»Ja, Borjuschka. Viele Frauen haben das beantragt. Ich auch, mein Liebster.«

»Um Gottes Barmherzigkeit willen, nein!« Tugai drückte das Gesicht gegen das Gitter. »Ninotschka, du sollst leben, aber nicht lebendig begraben werden!«

»Ich gehöre zu dir, Borja!«

»Nur, solange ich noch ein Mensch war. Das ist vorbei, Ninotschka. Morgen oder übermorgen, wann der Zar es befiehlt, bin ich eine ›tote Seele‹.« Tugai schloß die Augen. Seine Stimme schwankte. »Laß uns Abschied nehmen ... heute. Versuch, mich zu vergessen. Rede dir ein, es habe mich nie gegeben ... Ninotschka, komm nicht wieder. Du gehörst dem Leben ...«

Sie sah ihn an. »Laß uns heiraten, Borjuschka. Ich will deinen Namen tragen.«

»Einen verfluchten Namen! Sie werden vor dir ausspucken, wenn du ihn nennst! Die Türen werden sie vor deiner Nase zuschlagen!«

»Ich werde ihn trotzdem stolzer tragen als ein Großfürst den seinigen.« Sie warf sich gegen das Gitter, und das Gewicht ihres Körpers dehnte den Drahtzaun etwas aus, so daß sich für den Bruchteil einer Sekunde wieder ihre Fingerspitzen berührten. Dann federte Ninotschkas Körper wieder zurück, und gleich darauf kam ein Wachsoldat den Gang entlang und trennte sie.

Aber diese kurze Berührung hatte genügt. Wie ein Blitz war es in beide hineingezuckt, das Gefühl, den anderen gespürt zu haben, zu ihm zu gehören, gleichgültig, was geschah.

An der Mauer des Gefängnisses hob der Hornist sein Instrument und blies ein schmetterndes Signal. Einige Offiziere erschienen in den Türen und hinter den Frauen. Man sah ihnen an, wie unangenehm ihnen der Dienst war, zu dem man sie abkommandiert hatte. Sie sollten höflich, aber streng sein. Wie war das möglich, wenn man eine Fürstin Trubetzkoi zwingen mußte, sich von ihrem Mann zu trennen ...

»Ende des Besuches!« schrie eine Stimme. Sie gehörte einem jungen Fähnrich.

»Ninotschka«, stammelte Borja. Und dann schrie er: »Ninotschka! Leb wohl! Gott segne dich! Wir sehen uns nicht mehr wieder! Vergiß mich! Verzeih mir alle Tränen, die du um mich geweint hast ... Verfluche mich! Sag es, sag es: Ich verfluche dich ... Der Weg nach Sibirien ist dann leichter!«

»Ich liebe dich!« rief sie hell. Ein Soldat zerrte sie am Ärmel vom Gitter weg. »Borjuschka, ich liebe dich, solange ich atmen kann! Borja ...«

Der Soldat faßte sie brutal am Kragen ihres Mantels und schleuderte sie in die Gruppe der anderen Frauen.

»Du Hund!« schrie Borja und rüttelte hilflos am Gitter. »Du gemeiner Hund! Laß sie los! Laß sie los!« Er blieb an den Drahtzaun gepreßt stehen, bis die Frauen den Hof verlassen hatten. Dann trat Fürst Trubetzkoi zu ihm.

»Kommen Sie, Borja Stepanowitsch«, sagte er mit ruhiger, väterlicher Stimme. »Vergeuden Sie nicht Ihre Kraft. Sie werden sie noch brauchen für die Taiga.«

Jeder Friedhof hat etwas Ernstes, Beunruhigendes an sich, auch wenn die Grabdenkmäler noch so schön sind und die Blumen noch so üppig blühen. Die stumme Gegenwart der Toten ist wie eine lautlose Mahnung, wie vergänglich alles ist, wie klein die Zeitspanne, die ein Mensch auf Erden bleiben darf, und wie wenig es eigentlich nützt, sich über tausend Dinge zu ärgern, die das Leben zwar vergällen, aber doch so nichtig sind vor dem unaufhaltsam mit jeder Stunde näherrückenden Ende.

Ein Friedhof bei Nacht aber hat immer etwas Unheimliches an sich. Ist es der alte Aberglaube, daß nachts die Seelen dort umgehen?

Graf Koschkin hatte sich von seinem neuen Leibkutscher bis an das schmiedeeiserne Tor des St.-Stephanus-Friedhofs fahren lassen und war dann allein weitergegangen. Die Wege zwischen den Gräbern waren breit – man hatte Platz in Rußland. Es war eine kühle Herbstnacht, durch einen in den Wolken schwimmenden Mond in ständig wechselndes fahles Licht getaucht. Die marmornen Engel und Christusfiguren, die eisernen Doppelkreuze und die schlichten Holztafeln wirkten gespenstisch – wie ein Heer erstarrter, verkrümmter Toter. Koschkin verstand auf einmal, warum Iwan der Schreckliche in den letzten Monaten seines Wahnsinns heimlich über den Moskauer Friedhof gewandert war und jedes Kreuz, jedes Grabdenkmal um Verzeihung gebeten hatte.

Wo Ninotschka ihn erwartete, wußte Koschkin nicht. Miron hatte nur gesagt: »Gehen Sie den Hauptgang immer geradeaus, Hochwohlgeboren, und dann bei der vierten Abzweigung nach links. Man wird Sie ansprechen.«

Koschkin zählte. Beim vierten Nebenweg bog er ab und kam auf ein Feld von uralten, schon verfallenen, von Unkraut überwucherten Gräbern.

Nichts rührte sich. Koschkin blieb stehen, schlug den Kragen seines Mantels hoch und blickte sich um. »Ninotschka«, rief er leise.

Seine Stimme verhallte. Er wartete, ging dann langsam weiter und umfaßte unter seinem Mantel den Griff einer langläufigen Pistole. Das alles kann eine Falle sein, dachte er. Aber warum sollte man mich umbringen? Ich habe keine Feinde. Ich war immer ein anständiger Mensch; ich habe meine Leibeigenen wie Menschen und nicht wie Arbeitstiere behandelt. Sie haben genug zu essen und leben in sauberen Zimmern. Ich habe niemanden verraten, auch die Dekabristen nicht, obwohl ich vieles vorher wußte und kein politischer Freund von ihnen war. Ich liebe meinen Zaren. Die Krone ist Rußlands Stärke – etwas anderes habe ich nicht gelernt.

Und der Zar selbst? War er zu einer solchen Hinterlist fähig? Sich auf dem Friedhof eines Mannes zu entledigen, dessen Tochter patriotische Aufrufe gegen den Zaren unterschrieb?

Koschkin blieb wieder stehen. Er meinte, ein Geräusch gehört zu haben, und zog die Pistole aus dem Gürtel. Der Mond brach jetzt hinter den Wolken hervor. Plötzlich war es hell. Und da tauchte Miron auf, als sei er einem der Gräber entstiegen, in seinem Kutschermantel mit der Pelerine, den Hut tief ins Gesicht gedrückt.

»Miron Fedorowitsch, wo ist sie?« fragte Koschkin mit bebender Stimme.

»Ich bin hinter dir, Väterchen!«

Koschkin fuhr herum. Ninotschka lehnte an einem großen, niedergebrochenen Holzkreuz. Ihr blauer Seidenmantel schimmerte im Mondlicht.

»Ninotschka . . .«, stammelte Koschkin, »Töchterchen, darf ich dich umarmen?«

Er machte einen Schritt auf sie zu und streckte die Arme aus. Mit einem leisen Aufschrei, der wie der Ruf eines kleinen, aus dem Nest fallenden Vogels klang, warf sich Ninotschka an Koschkins Brust.

Miron setzte sich abseits auf eine umgestürzte Säule, griff in die Tasche seines Mantels und holte eine Handvoll Sonnenblumenkerne heraus. Er steckte sie in den Mund und begann zu kauen.

Eine Stunde blieben Ninotschka und ihr Vater beisammen, saßen auf einem alten Steinsarkophag, hielten sich an den Händen und nahmen Abschied für immer. Koschkin versuchte nicht mehr, Ninotschka davon zu überzeugen, daß es Wahnsinn sei, mit nach Sibirien zu ziehen. Ihn erschütterte diese Liebe zu Borja so sehr, daß er es nicht mehr über sich brachte, ihr Steine in den Weg zu legen.

»Versuche noch einmal mit dem Zaren zu sprechen, Väterchen«, sagte Ninotschka. »Flehe ihn an, falle vor ihm auf die Knie, bitte ihn, daß ich Borja heiraten darf, bevor man ihn auf die große Reise schickt. Väterchen, nur Ehefrauen dürfen mit nach Sibirien. Ich muß Borja heiraten, wenn ich bei ihm bleiben will.«

»Und wenn der Zar es nicht gestattet?«

»Dann folge ich allein den Spuren der Verbannten. Ich lasse Borja nicht im Stich.«

Koschkin erhob sich. Sein Herz brannte vor Kummer. »Ich werde dem Zaren meinen Kopf bieten für seine Gnade«, erwiderte er mühsam. »Ich werde ihm mein Leben geben.« Er zog Ninotschka an sich und begann, nun doch zu weinen. »Sehe ich dich nie wieder, Töchterchen?«

»Das weiß nur Gott . . .«

»Wie oft hat Gott in Rußland geschwiegen . . .«

»Vielleicht wird er diesmal reden. O Väterchen . . .« Sie küßten sich, umarmten sich und wußten, daß ihnen nur noch wenige Minuten blieben, bis das Schicksal sie trennte.

Miron Fedorowitsch brachte Koschkin zurück zum Tor des Friedhofs. Dort umklammerte der Graf die breiten Schultern des Kutschers und schüttelte ihn mit verzweifelter Kraft. »Paß auf sie auf, Miron«, keuchte er. »Laß sie nie allein. Gott soll dich verfluchen, wenn du sie verläßt! Ich gebe euch zehntausend Rubel mit. Hol sie ab, wenn du weißt, daß die Verbannten aufbrechen. Miron, schwöre mir, daß du Ninotschka nie allein läßt!«

»Ich schwöre es«, sagte Miron feierlich.

»Du bist ein freier Mann, Miron Fedorowitsch.« Koschkin griff in die Tasche und holte das Schreiben heraus, das den Kutscher von seiner Leibeigenschaft befreite.

Miron nahm es mit zitternden Fingern, küßte zuerst den Brief, ergriff dann Koschkins Hand und küßte auch sie. »Gottes Segen über alle Koschkins«, sagte er. »Herr, ich schwöre Ihnen, daß ich nur noch für Ninotschka leben werde.«

VII

Am 11. November, einem nebligen Morgen, an dem man die Newa-Inseln nicht mehr sehen konnte und ein feiner Nieselregen von den Dächern tropfte, erschien General Lukow in Borjas Zelle. Ihm folgten zwei Ordonnanzen mit der Galauniform der Gardereiter über dem Arm und nahm an der Zellentür Haltung an.

»Leutnant Borja Stephanowitsch Tugai«, sagte Lukow laut. »Ich nenne Sie so, obwohl Sie degradiert sind. Und ich bringe Ihnen Ihre Uniform, obwohl sie Ihnen nicht mehr zusteht. Ziehen Sie sich an und halten Sie sich bereit. In einer halben Stunde werden Sie die Komtesse Ninotschka Pawlowna Koschkina heiraten.«

Die Kirche innerhalb der Peter-Pauls-Festung war leer, kalt und trotz der goldenen Pracht der Ikonastase von einer bedrückenden Trostlosigkeit, als Leutnant Tugai mit General Lukow das Heiligtum betrat. Vor dem Altar warteten der lange, dünne Philosoph Lobkonow und der schmächtige, blutjunge Leutnant Alexej Plisky. Auch Tugais ehemaliger Bursche, der Gardereiter Russlan Kolki, war da. Er stand abseits an einer gedrechselten, goldbemalten Säule und wischte sich gerührt die Augen.

Während Tugai seine Uniform trug, hatten die anderen die Sträflingskleider an. Vor der Ikonastase war Vater Efemian mit dem Anzünden der Kerzen beschäftigt. Er drehte sich um, als er von der Tür her die knarrenden Stiefeltritte hörte.

»Alexej Borissowitsch!« rief Tugai und streckte beide Arme aus. »Du lebst! Man hat dich nicht erschossen!« Er lief Plisky entgegen, sie umarmten und küßten sich. »Warum hat man dich am Leben gelassen, mein Freund?«

»Sie haben mich außer der Reihe verurteilt, Borja Stepanowitsch. Nicht einmal Sibirien hat man mir gegeben. Ich soll am Eismeer eine Straße bauen.«

»Warum rennst du dir nicht vorher den Schädel an der Wand ein?« Tugai drückte den Freund wieder an sich. »Alexej, dort oben stirbst du jeden Tag, immer ein bißchen mehr, bis du einfach liegenbleibst.«

»Ich habe den Mut, ans Überleben zu glauben, Borja.«

Plisky lächelte verzerrt. »Auch du wirst durchkommen. Wir sind noch jung.«

»In Sibirien wird man in einem Jahr zum alten Mann.« Tugai wandte sich seinem Burschen zu. Russlan Kolki wollte auf die Knie fallen, aber Tugai hinderte ihn daran und umarmte auch ihn.

»Euer Hochwohlgeboren«, stotterte Russlan. »Ich bin so glücklich ... so glücklich. Ich habe gedacht, man hätte Sie ...« Er begann zu schluchzen und lehnte den Kopf an Tugais Schulter.

»Mußt du auch zum Eismeer, mein Freund?« fragte Borja leise.

»Nein. Ich bleibe in Petersburg. Ich werde in einer Arbeitskompanie Kasernen bauen. Und jeden Tag zehn Stockschläge zum Abendessen – drei Monate lang.«

»Diese Schweine!« knirschte Tugai. Er fuhr herum und starrte General Lukow an, der hinter ihm stand. »Schweine!« brüllte er.

General Lukow schüttelte den Kopf. »Warum schreien Sie mich an, Tugai? Von mir kommt dieses Urteil nicht.«

»Aber Sie helfen, es durchzuführen.«

»Wir alle dienen mehr oder minder dem Unrecht, denn nichts ist wirklich Recht auf dieser Welt. Was für den einen Hosianna bedeutet, ist für den anderen das Kreuz. Und das wird sich nie ändern.«

»Sind wir hier, um zu streiten oder um zu heiraten?« fragte Vater Eftemian. »Wie wir auch zu allen Dingen stehen ... wir sollten dem Zaren dankbar sein, daß er diese Hochzeit zuläßt.«

»Diese Hochzeit ist ein Hohn!« Borja blickte sich um. Ninotschka war noch nicht gekommen, und plötzlich hatte er wahnsinnige Angst, daß die Erlaubnis zurückgezogen worden sei. »Was hat Ninotschka dem Zaren getan? Warum will er sie so jung zur Witwe machen? Ist es nicht genug, daß er uns in Sibirien langsam krepieren läßt?«

»Die Bitte kam von Ninotschka Pawlowna selbst, nicht vom Zaren«, erklärte General Lukow. »Trotz aller Enttäuschung, die ihm seine Offiziere zugefügt haben ... er hat die Heiratsgenehmigung erteilt. Hinter seiner Härte verbirgt der Zar eine weiche Seele. Er soll geweint haben, als die Urteile gefällt worden waren.«

Tugai wollte etwas antworten, aber Schritte vor der Kirche ließen ihn verstummen. Die Tür sprang auf, und zuerst kam der Kutscher Miron Fedorowitsch herein, jetzt ein freier Mann und kein Leibeigener mehr. Er trug hohe Stiefel und einen neuen dunkelblauen Anzug, der in seiner bürgerlichen Eleganz gar nicht zu seinem struppigen Haar paßte.

»Sie sind alle da, Hochwohlgeboren!« rief er mit seiner tiefen Stimme. »Man kann die Glocken läuten.«

Vater Eftemian gab einem seiner Helfer einen Wink. Einsam, dünn und kläglich begann gleich darauf eine Glocke zu wimmern, die kleinste von vier Glocken, denn das volle Geläut war nur an Feiertagen und dem Geburtstag des Zaren erlaubt.

In das armselige Läuten hinein begann Vater Eftemian zu singen, mit einer schönen, vollen Stimme, die den Kirchenraum mühelos ausfüllte.

Borja preßte die Fäuste gegen sein Herz, sein Atem ging schwer vor Erregung. Plisky und Kolki traten hinter ihn, General Lukow stand ein wenig abseits, die Hände über den Degenknauf gelegt.

Und dann kam Ninotschka. Sie trug das weiße Hochzeitskleid, das bis zu diesem Tage auf einer Schneiderpuppe gehangen hatte, darüber, lose um die Schultern gelegt, einen bodenlangen Mantel aus weißem Nerz. Katharina Ifanowna, die alte Amme, führte Ninotschka an der Hand. Die Schneiderin Praskowja Philipowna trug die Schleppe des weißen Kleides. Langsam kamen sie näher, begleitet vom Gesang Vater Eftemians.

»Ein Engel«, flüsterte Plisky hinter Tugai. »Du heiratest einen Engel, Borja.«

Tugai schluckte. Dann ging er Ninotschka entgegen. Sie blieb stehen, und in ihren großen Augen war so viel Glück, daß Borjas Herz einen Augenblick lang aussetzte.

»Ich liebe dich, Borjuschka«, sagte sie leise und bot ihm ihren Arm. »Du siehst wundervoll aus in deiner neuen Uniform.«

Borja atmete tief. »Es ist ein Theaterkostüm, weiter nichts, Ninotschka. In einer Stunde stecke ich wieder in meinen Sträflingskleidern.«

Er nahm ihren Arm, stellte sich an ihre Seite und blickte

hinüber zu der im Kerzenlicht aufleuchtenden goldenen Ikonastase. Die Heiligen darauf schienen plötzlich zu leben, ihre Augen sprachen, ihre zum Segen ausgestreckten Hände verteilten Gnade. Und Vater Eftemian stimmte das Hosianna an.

»Was wir tun ist Wahnsinn, Ninotschka«, sagte Borja heiser. Langsam gingen sie weiter, dem Altar entgegen. General Lukow zog plötzlich seinen Degen und hob ihn hoch empor. Ninotschka und Borja schritten unter dem blitzenden Stahl hindurch.

Wie gut, daß wir allein sind, dachte Lukow. Man würde mich sonst auslachen und einen Narren nennen, aber diese Liebe ist es wert, daß man sie ehrt.

Mit hocherhobenem Degen folgte er dem Brautpaar. Niemand hörte, daß die Kirchentür noch einmal klappte und noch jemand eintrat. Der Fremde, in einen langen, dunklen Pelzmantel gehüllt, versteckte sich hinter einer Säule und sah der Trauung zu.

Als Borja und Ninotschka vor dem Altar standen, hörte Vater Eftemian auf zu singen. Lukow senkte den Degen. Plisky und Kolki blieben im Hintergrund. Nur Lobkonow trat vor und verbeugte sich vor Ninotschka.

»Ich habe in allen meinen Schriften dargelegt, daß es auf dieser Welt kein Glück gibt, sondern nur die Illusion von Glück. Aber jetzt widerrufe ich das. Sie anzusehen, Ninotschka Pawlowna, ist ein Glück. Sie zu heiraten, ein Gottesgeschenk. Ich meine das ehrlich. Das geht schon daraus hervor, daß ich als Nihilist Trauzeuge in einer Kirche bin.«

»Amen!« sagte Vater Eftemian laut. »Das ist eine gute Predigt. Was soll man ihr noch hinzufügen! Kniet nieder, ihr Gotteskinder, und reicht euch die Hände.«

Borja und Ninotschka gehorchten. Lukow und Plisky traten hinter sie und hielten die kleinen Kronen aus Messing über die Köpfe der Brautleute, jene Kronen, die Glück und Reichtum in der Ehe symbolisieren sollen.

Dann segnete Vater Eftemian die beiden, ließ sie das Kreuz küssen und reichte ihnen Brot, Wein und Salz. Davon und mit der Liebe zusammen kann ein Mensch leben ...

Nach der Trauung waren es nur noch zehn Minuten, die Borja und Ninotschka allein bleiben durften. Sie standen an einer der Säulen und hielten sich an den Händen. General

Lukow und alle anderen Anwesenden hatten sich in den Hintergrund der Kirche zurückgezogen. Der fremde Mann neben der Tür saß noch immer unbeobachtet hinter der Säule, hatte die Stirn gegen den kalten Stein gedrückt und schluchzte in sich hinein.

»Was hast du Neues erfahren, Ninotschka?« fragte Tugai und streichelte ihr Gesicht.

»Nichts, Borjuschka. Alle schweigen.«

»Wann geht unser Transport nach Sibirien?«

»Keiner weiß es. Die Fürstin Trubetzkoi meint, man habe Angst, euch vor aller Augen wegzuschaffen. Wenn ihr abtransportiert werdet, dann heimlich in der Nacht. Man will alle Demonstrationen vermeiden.«

Tugai zog Ninotschka an sich. Meine Frau! dachte er. Die schönste Frau Rußlands ... Aber gleich wird Lukow winken, und dann sind die Minuten des Träumens vorbei.

»Dann bleiben wir noch länger in Petersburg«, sagte Borja. »Bald kommt der Winter. Man wird uns nicht auf eine Schneewanderung schicken. Da werden sogar die Kosaken sich wehren. O Ninotschka ...« Er küßte sie, hielt sie an sich gepreßt und blickte über ihren Kopf hinweg zu General Lukow. Der nickte ihm kurz zu.

»Es ist Zeit, mein Freund. Die Stunde ist um. Nehmt Abschied ... ich sehe solange zur Seite.«

»Wir werden uns jede Woche sehen?« fragte Borja mit rauher Stimme.

»Ich komme an jedem Besuchstag.« Ninotschka klammerte sich an ihn und war so tapfer, nicht zu weinen, sondern sogar zu lächeln. »Mein Mann! Mein Mann Borja Tugai! Wie herrlich das klingt! O Borja, man wird uns auch in Sibirien nicht trennen.«

Lukow winkte ihnen, und Tugai nickte. Er umfaßte Ninotschkas Gesicht mit beiden Händen und sah sie an. »Leb wohl ... Ich liebe dich ...«

»Kann ich Borja bis zur Tür bringen?« fragte Ninotschka. Sie streichelte dabei die Stirn ihres Mannes und wischte ihm schnell die Tränen aus den Augenwinkeln.

»Ja, aber rasch.« Lukow gab seiner Stimme einen harten Klang. »Wir haben die Zeit schon überschritten. Gehen wir.«

Er wußte, draußen wartete eine Abteilung Soldaten, um die Gefangenen in ihre Zellen zurückzuführen.

Borja ließ Ninotschka los und drehte sich um. »Ich danke euch, meine Freunde«, sagte er mit fester Stimme. »Wenn wir unsere Strafe überleben und uns wiedersehen, soll diese Stunde gefeiert werden. Sehen wir uns nicht wieder, so wißt: was heute geschehen ist, hat mir Kraft gegeben. Es ist das Brot, von dem ich in der Taiga leben werde.«

Vater Eftemian voran, gingen sie zur Tür, langsam, als spiele hinter ihnen die Orgel und sänge der Chor, so, wie es am Neujahrstag gewesen wäre, an dem Ninotschka hätte heiraten sollen.

Kurz vor der Tür trat der einsame Mann, der bis jetzt gewartet hatte, hinter seiner Säule hervor.

General Lukow griff nach seinem Degen. »Wie kommen Sie hier herein? Ich hatte befohlen . . .«

»Ein alter Mann und einige Rubel erzeugen Mitleid.«

»Väterchen«, sagte Ninotschka mühsam. »Warum bist du gekommen?«

»Ich wollte es sehen.« Graf Koschkin wischte sich über die Augen. »Mein einziges Kind heiratet . . . und ich soll nicht dabeisein? Der Segen eines Vaters ist ebensoviel wert wie der Segen eines Popen. Ich habe still hinter der Säule gesessen und für dich gebetet und geweint.«

Er blickte Tugai an. »Borja, mein Sohn«, sagte er mit zitternder Stimme, »sei stark! Du hast Jahre vor dir, vor denen der Teufel zittert. Ich will nicht mehr fragen, ob dies alles nötig war. Du bist jetzt Ninotschkas Mann. Komm wieder . . . mehr kann man keinem wünschen, der nach Sibirien geht.«

Er griff unter den Mantel und holte einen Ledersack hervor. »Mein Geschenk, Töchterchen. Ich gebe es dir hier, weil du nicht mehr nach Hause kommen willst. Du wirst es brauchen können. Es sind dreißigtausend Rubel.«

»Dreißigtausend Rubel . . .«, sagte Lobkonow. »Mein Gott, was für eine Summe. Mach den Sack auf, Borja, ich habe noch nie so viel Geld auf einem Haufen gesehen.«

»Wenn das bekannt wird«, meinte Lukow dumpf, »macht es alle Wegelagerer und Räuber in Sibirien mobil.«

»Wir haben Gewehre und Pistolen bei uns!« rief Miron. »Und ich werde nachts auf dem Geldsack schlafen.«

»Nimm es, Ninotschka.« Koschkin senkte den weißhaarigen Kopf. »Geld ... das ist übriggeblieben von all den Träumen, die nach deiner Hochzeit wahr werden sollten. Geld, um sich ein bißchen Glück zu kaufen. Gott sei mit dir, Töchterchen!«

Ninotschka breitete die Arme aus und zog ihren Vater an sich. Und sie küßten sich, und beide waren überzeugt, daß dies nun wirklich das letzte Mal war.

»Sie werden in Kürze abtransportiert«, flüsterte Koschkin seiner Tochter ins Ohr. »Ich weiß es vom Ersten Kammerherrn des Zaren. Irgendwann Anfang Dezember. Es ist geheim.«

Und Ninotschka flüsterte zurück: »Gott segne dich, Väterchen. Das ist mein wertvollstes Hochzeitsgeschenk. Grüß Mütterchen von mir ...«

Dann ging alles sehr schnell. Draußen nahmen die Soldaten die Gefangenen in Empfang, Ninotschka und ihre Begleiter stiegen in die Kutsche, in der sie gekommen waren, Miron schwang sich auf den Bock und trieb die Pferde an. Nur General Lukow und Graf Koschkin blieben zurück. Sie standen unter dem Vordach des Eingangs und starrten schweigend vor sich hin. Hinter ihnen warf Vater Eftemian die Kirchentür zu.

Am 9. Dezember 1826, gegen Mitternacht, verließen zwanzig breite Schlitten die Peter-Pauls-Festung. Im Stroh, verborgen unter Planen, in Decken eingewickelt, lagen die Verbannten. Eine Abteilung Kosaken umkreiste die dunkle Schlittenkolonne auf ihren schnellen, struppigen Pferdchen.

Es schneite seit Tagen, dicke, schwere Flocken, die das Land zudeckten und jeden Laut erstickten.

Auf dem flachen Land hinter Petersburg versanken die Dörfer und wurden die Felder zu weißen Wüsten, über die der Wind den Schnee wie weißen Staub blies. Die Wälder wurden zu wundersamen, glitzernden Riesengebilden. Noch war der Frost nicht so groß, daß die Bäume zersprangen in der Kälte und starben. Aber das Leichentuch des Winters lag schon über ihnen, die Äste zur Erde biegend, alles Leben erdrückend. Es würde ein sehr harter Winter werden.

Die von den Frauen ausgestellten Wachen, die Tag und Nacht die Festung beobachteten, gaben Alarm. Reiter jagten zu den Häusern und Palästen der Dekabristen, der Ruf pflanzte sich fort: »Sie ziehen los! Jawohl, jetzt um Mitternacht! Keiner soll es sehen! Sie nehmen die Poststraße nach Moskau! Zwanzig Schlitten sind es! Nein, man hat noch keine Namen. Man weiß nicht, wer alles unterwegs ist, aber der nächste Posthalter wird die Liste kennen.«

Von allen Seiten jagten nach einer Stunde die Schlitten heran und trafen auf dem großen Platz vor dem Petrowsky-Tor der Festung zusammen. Der Schnee war zerstampft und von Schlittenspuren durchzogen, die Zugbrücke zum Festungseingang noch heruntergelassen. Die Gefangenen waren also fort.

Die Wachsoldaten allerdings antworteten auf keine Frage und nahmen auch die Rubel nicht an, die man ihnen hinhielt. Sie wußten, daß sie von den Offizieren beobachtet wurden.

»Es hat keinen Sinn!« rief die Fürstin Trubetzkoi schließlich. Sie stand in ihrem großen Schlitten, der vollgepackt war mit Bettzeug, Kisten und Säcken und dem die drei besten Pferde aus dem Gestüt der Trubetzkois vorgespannt worden waren.

»Von diesen Idioten erfahren wir nichts! Zur nächsten Poststation! Mit unseren schnellen Schlitten holen wir unsere Männer vielleicht noch ein.«

Sie ließ sich auf den Sitz zurückfallen, schlug die Felldecken um sich und wurde tief in die Pelze gepreßt, als der Kutscher mit lautem Schreien die Pferde antrieb. Wie ein Spuk rasten die Schlitten zunächst nach Petersburg zurück, eine Wolke von Schnee hinter sich aufwirbelnd.

Vierunddreißig Schlitten waren es, und insgesamt zweiundvierzig Frauen hatten sich entschlossen, die Deportierten zu begleiten.

Zweiundvierzig Frauen, die freiwillig nach Sibirien zogen, immer hinter ihren verurteilten Männern her – eine nie verlöschende Sonne aus Liebe, die Eis und Schnee, Frost und Einsamkeit, Hunger und Elend erträglich machen sollte.

General Lukow, der von seinem Fenster aus die Kavalkade der Schlitten davonfahren sah, knöpfte seinen Rock auf, als werde es ihm zu heiß, er setzte sich an seinen Schreibtisch und trug in sein Tagebuch ein:

9. Dezember, ein Tag der Liebe, unbegreiflich und unfaßbar. Mein Gott, wieviel Kraft kann in einer Frau verborgen sein ...

Die Frauen fuhren bis zur nächsten Poststation, einem alten Holzhaus mit großen Stallungen, einer überdeckten Veranda, einem großen Aufenthaltsraum und vielen Laternen, die im Wind schaukelten. Auch hier war der Boden von Pferdehufen und Schlittenkufen aufgewühlt. Man mußte die Pferde in aller Eile gewechselt haben, um möglichst viele Werst zwischen sich und Petersburg zu legen.

Später mochte es langsamer gehen. In dem weiten Land, das vor einem lag, in den Monaten, die man brauchte, bis man am Ziel war, fragte niemand mehr: »Wer sind diese Deportierten? Was, ein Fürst Trubetzkoi ist auch darunter? Und ein Wolkonsky? Und ein Murawjeff?«

Wer von den Burjäten, Tungusen, Ewenken und Kirgisen kannte schon einen Trubetzkoi? Für sie war er ein Verbannter wie jeder andere. ›Tote Seelen‹ – weiter nichts.

Der Postmeister, ein dicker alter Mann mit einem Schnauzbart und blutunterlaufenen Augen schlurfte heran. Er schlug die Hände über dem kahlen Kopf zusammen, als er die vielen neuangekommenen Schlitten sah und rief: »Keine Pferde mehr da! Hochwohlgeboren, man hat mir alle frischen Pferde weggenommen. Die anderen müssen bis morgen Ruhe haben. Morgen um sieben Uhr kann ich neue Pferde ausgeben!«

Dann sah er, daß es alles Frauen waren, die aus den Schlitten kletterten. Er riß den Mund auf vor Staunen, begriff nicht, was das sollte, und lief Miron in die Arme, der gerade von Ninotschkas Schlitten sprang.

»Unsere Pferde sind so frisch wie der Frühlingswind!« sagte Miron drohend. »Und du ... versuche nicht zu lügen, Alter! Es ist schon vorgekommen, daß Größere und Kräftigere als du von mir Prügel bekommen haben. Wo sind die Gefangenen?«

»Schon weiter. Ich sagte es doch! Sie haben die Pferde gewechselt, so rasch, daß es fast an Zauberei grenzte. Zweiundfünfzig Kosaken – das sind zweiundfünfzig Teufel! Laßt mich in Frieden, Herr, ein armer Postmeister ist doch nur ein geprügelter Hund.«

In der Gaststube lagen auf der breiten Ofenbank sieben Reisende und schliefen. Es roch nach Schweiß, Kohlsuppe und nassen Kleidern. Ninotschka und die Fürstin Trubetzkoi blätterten in dem Gästebuch, das jeder Postmeister führen mußte und in dem er seine Gäste und deren Reiseroute eintrug.

»Aha«, sagte die Trubetzkoi und deutete auf die letzte Eintragung. »Nikolai Borissowitsch Globonow befehligt den Transport. Ich kenne ihn. Ein korrekter Offizier.« Sie nahm das Buch vom Stehpult, drehte sich um, und plötzlich breitete sich lähmende Stille in dem großen Raum aus. Die Frauen hielten den Atem an.

»Globonow hat für alle geschrieben. Einzelne Namen sind nicht vorhanden. Aber wir kennen jetzt die Strecke. Jaroslawl – Wjatka – Perm – Tjumen – Omsk – Krassnojarsk – Irkutsk – Tschita . . .«

Sie legte das Gästebuch auf einen Tisch und zog den Pelz enger um sich, als fröre sie trotz der Hitze, die der große Ofen ausströmte.

»Ans Ende der Welt . . .«, sagte eine leise, zitternde Stimme in die Stille hinein.

Die Fürstin Trubetzkoi nickte. »Hinter Tschita beginnt das Nichts. Wir werden ein Jahr unterwegs sein, vielleicht noch länger. Manche von uns werden es nicht überleben. Wer jetzt noch umkehren will, der soll es tun. Ich fahre weiter . . . Postmeister, für alle hier einen Tee und einen Eimer Hafer für die Pferde.«

Zwei Stunden später flogen die Schlitten wieder über den Schnee. Keine der Frauen war zurückgeblieben, sie alle zogen weiter in die Unendlichkeit, die vor ihnen lag.

Gegen Mittag erreichten sie die nächste Poststation in wirbelndem Schneesturm. Und auch hier fand man im Gästebuch nur die nüchterne Eintragung: *Oberst Globonow als Kurier des Zaren. Ziel der Reise: Tschita.*

Bis zum Abend ruhten sich die Frauen aus. Die Pferde wurden in die Ställe gebracht, mit Strohbüscheln abgerieben; sie bekamen ihr Heu, einen Eimer Mischhafer und zu trinken. Danach fielen sie um vor Erschöpfung und schliefen.

»Wir brauchen keinen Pferdewechsel«, sagte Miron Fedorowitsch, als der Postmeister jammerte, er könne unmöglich bis zum Abend vierunddreißig Schlitten mit neuen Pferden versorgen. »Sollen wir uns lahme Ziegen ins Geschirr nehmen? Sieh dir unsere hier an, Brüderchen, es sind die besten Pferdchen von Petersburg bis zur chinesischen Grenze. Sie schlafen ein paar Stunden, und dann fliegen sie wieder dahin, so schnell wie der Steppenwind.«

»Es sind Rassepferde!« Der Postmeister schnalzte anerkennend mit der Zunge. »Aber in Sibirien werden sie eingehen wie Rosen im Frost. Ihnen fehlt das dicke Fell. Sie fressen nur gute Sachen und nicht das Stroh von den Dächern oder das Moos, das sie aus dem Schnee hervorkratzen müssen. Sie saufen nur reines Wasser und lecken nicht das Eis von den Wänden. Brüderchen, sag mir, wie wollt ihr weiterkommen mit diesen Pferdchen?«

Miron brummte etwas in seinen Bart, legte sich auf den Boden und dachte, bevor er einschlief: Er hat recht. Was wir brauchen, sind kleine, zähe Gäule. Aber woher sollen wir sie nehmen? Denn wo wir auch hinkommen – die Deportierten waren vor uns da und haben uns die ausgeruhten Pferdchen weggenommen. Ninotschka Pawlowna, es wird eine Höllenfahrt werden . . .

Am Abend ging es dann weiter. »Das ist unsere Chance«, sagte Ninotschka, die die Frauen weckte. »Während unsere Männer schlafen, fahren wir. Sie haben nur einen kleinen Vorsprung. Vielleicht sieben Stunden. Schwestern, die holen wir auf. Was sind sieben Stunden bei fünftausend Werst?«

Aber es waren Stunden, angefüllt mit Schneesturm, umgestürzten Schlitten und der Sorge um drei Frauen, die Fieber bekamen. Sechs Schlitten blieben zurück und mußten repariert werden. Die Frauen stiegen um in die anderen Schlitten. Man rückte noch mehr zusammen und nahm die Pferde mit. Weiter, nur weiter, Schwestern! Wir müssen unsere Männer einholen.

Am sechsten Tag, gegen Abend, wurden die Spuren, denen sie folgten, deutlicher. Es war ein klarer, kalter Tag, an dem kein Schnee fiel. Dafür wehte ein eisiger Wind. Die Frauen hatten sich in ihre Felle und Decken verkrochen, als plötzlich die Fürstin Wolkonsky aufschrie: »Da sind sie!«

Sie stand im Schlitten und warf jubelnd die Arme hoch.

Ganz in der Ferne war eine dünne schwarze Linie auf dem ebenen Schneefeld zu sehen: die Kolonne der Verbannten!

Die Schlitten der Frauen hielten und bildeten einen Kreis. Aus den geblähten Nüstern der Pferde quoll der heiße Atem und verwandelte sich in der klirrenden Kälte sofort zu unzähligen kleinen Eiskristallen. Die Kutscher holten ihre kleinen flachen Schnapsflaschen aus den Mänteln. »Hochwohlgeboren, ein Schlückchen nur. Ist's erlaubt? Wer stundenlang auf dem Kutschbock sitzt, braucht ein bißchen innere Wärme.«

»Wir bleiben auf den Spuren unserer Männer«, sagte die Fürstin Trubetzkoi, »ohne uns vorläufig sehen zu lassen. Mit den Kosaken kommen wir noch früh genug zusammen. Aber heute nacht werden wir in der gleichen Poststation haltmachen wie sie. Eine Poststation ist für jeden da. Man kann uns von dort nicht vertreiben.«

Langsam fuhren sie dann weiter, immer den Spuren der Pferdehufe und Schlittenkufen nach, die nur eine Richtung kannten: nach Osten. In die unendliche Weite der Taiga, in das Vergessen . . .

Die Poststation Nowa Scharja lag zwanzig Werst von Wjatka entfernt, der Stadt, wo die großen Straßen enden. Von da an fuhr man nur noch auf markierten Pfaden durch das Land — bis Perm, der letzten großen Stadt im europäischen Rußland. Dahinter erhob sich wie eine gewaltige Mauer der Ural, den nur ein paar Pässe durchschnitten. Und dann lag Sibirien vor ihnen, die riesigen Wälder, die breiten Ströme, die Sümpfe in den Niederungen.

Die Schlittenkolonne der Frauen erreichte Nowa Scharja kurz vor Mitternacht. An den Dachbalken der Poststation mit den großen Ställen schaukelten die Laternen im Wind. Die Kosaken kampierten draußen. Große Lagerfeuer loderten, und die wilden Reiter saßen um die prasselnden Flammen und tranken und lachten. Ein paar Wachen umkreisten auf ihren Pferdchen die Poststation und kontrollierten jeden, der sich näherte. Darum galoppierten auch sofort sechs Reiter auf die Schlitten der Frauen zu. »Stoj!« brüllte einer von ihnen mit gewaltiger Stimme. »Sofort anhalten! Das hier ist Sperrgebiet.«

Miron Fedorowitsch, der mit Ninotschkas Schlitten jetzt an der Spitze fuhr, kümmerte sich nicht um den Befehl. Er schwang die lange Peitsche, ließ sie über die Köpfe seiner Pferde knallen und schrie: »Wollt ihr wohl laufen, ihr lahmen Eselchen!«

Die Kosakenpatrouille starrte den in unvermindertem Tempo heranrasenden Schlitten entgegen. Ihr Anführer zog seinen gebogenen Säbel und fuchtelte damit herum.

»Stoj!« brüllte er wieder. »Im Namen des Zaren!«

»Der Zar ist weit!« schrie Miron zurück. Dann wandte er sich nach den anderen um. »Los, Brüder, zeigt es den struppigen Kosakenhunden! Gebt es ihnen!«

Plötzlich knallten alle Peitschen, die Pferde wieherten, der gefrorene Boden zitterte unter dem Stampfen der Hufe. Miron erreichte als erster die Kosaken. Er sah ihrem Anführer, einem schnauzbärtigen Burschen, in die schwarzen Augen und hob wieder seine lange Lederpeitsche. Die Peitschenschnur ringelte sich um den Oberkörper des Kosaken – ein kräftiger Ruck, und der Mann wurde wie von einer mächtigen Faust aus dem Sattel gehoben und stürzte in den Schnee. Dann war auch schon die Schlittenkolonne heran, überrannte einfach die sechs Reiter, die erschrocken auseinanderstoben, und erreichte die Poststation.

Vor dem Eingang des flachen Hauptgebäudes hielten die Schlitten. Im Inneren des Hauses schien große Geschäftigkeit zu herrschen. Man hörte lautes Rufen, einige Befehle, hastige Schritte. Dann erschienen zehn Soldaten mit entsicherten Gewehren in der Tür. Nach ihnen trat Oberst Globonow ins Freie.

Irgendwann bei den vielen Feldzügen, die Rußland ringsum an seinen Grenzen geführt hatte, hatte Nikolai Borissowitsch Globonow das linke Bein verloren. Und da man mit einem künstlichen Bein immer noch besser gehen kann als mit einem Stumpf, hatte er sich ein Holzbein anpassen lassen. Aber nicht etwa so ein einfaches wie jeder Amputierte, sondern eines, aus dem der Bildhauer Suslow ein Kunstwerk gemacht hatte. Es war ein mit altrussischen Motiven geschnitztes Holzbein, das es wert gewesen wäre, auf einer Ausstellung gezeigt zu werden. Schließlich war Suslow ein berühmter Künstler.

Globonow blieb einen Moment in der Tür der Poststation stehen, überblickte die Schlitten, erkannte die Fürstin Trubetzkoi und Ninotschka und seufzte tief.

»Die wilden Weiber von St. Petersburg«, sagte er, als Ninotschka aus ihrem Schlitten stieg. Furchtlos ging sie Globonow entgegen. »Gratuliere«, meinte er. »Sie haben das Wettrennen gewonnen. Aber wenn Sie glauben, ich nähme Sie mit über den Ural, so ist das ein tragischer Irrtum, Madame.« Er verbeugte sich vor Ninotschka und zeigte dann mit seiner Reitgerte auf ein Nebengebäude der Station. »Dort drin sind die Sträflinge, und ich habe die Pflicht, sie alle nach Sibirien zu bringen. Politische Sträflinge, Madame ... das ist ein besonderer Fall. Wären es Räuber, Mörder, Betrüger ... wozu sich soviel Mühe um sie machen! Wenn sie irgendwo in der Taiga fliehen ... sollen sie! Wer dort in der Einsamkeit der Wildnis, unter Bären und Luchsen lebt, ist ungefährlich. Aber ihre Männer, die bleiben selbst noch hinter Tschita gefährlich. Es gibt in Rußland kaum etwas, das wichtiger genommen wird als ein politischer Gefangener. Madame, Ihr Heldenmut in allen Ehren, aber hier endet Ihre Reise!«

»Bestimmen Sie das, Oberst?«

»Ja, im Namen des Zaren.«

»Wo ist dieser schielende Globonow!« hörte man in diesem Moment die Stimme der Fürstin Trubetzkoi aus dem Gewühl der Frauen, die inzwischen ihre Schlitten verließen.

Globonow seufzte wieder. »Die Fürstin Trubetzkoi! Madame, schiele ich? Ich habe viele Gebrechen, aber dieses nicht.«

»Sie wollen Schwierigkeiten machen?« Die Trubetzkoi kam heran. Sie war kleiner als der Oberst, aber als sie jetzt ihren Pelzmantel raffte und sich reckte, reichte sie genau bis an seine Augen.

Die anderen Frauen begannen, ihre Körbe mit dem nötigen Nachtzeug abzuladen. Eine Anzahl Kutscher sperrten die Schlitten gegen die Kosaken ab, die jetzt von allen Seiten zusammengelaufen kamen, um Rache für die blamable Überrumpelung ihrer Kameraden zu nehmen. Es schien sicher, daß es gleich zu einer blutigen Schlägerei kommen würde. Schon flogen die Schimpfworte hin und her, denn was ein richtiger Kutscher oder ein richtiger Kosak ist, der besitzt einen Wortschatz an beleidigenden Ausdrücken, der nahezu unerschöpflich ist.

Oberst Globonow verzog den Mund, und die Trubetzkoi

meinte: »Wollen Sie Ihren Soldaten nicht befehlen, Ruhe zu geben? Soll es zu einer Schlägerei kommen? Unsere Kutscher sind kräftig und gut genährt.«

»Ich weiß, daß die Damen bestens für ihre Reise ausgerüstet sind. Das macht es mir leicht, sie wieder zurückzuschicken.«

»Haben Sie dazu einen Ukas des Zaren?«

»Nein.«

»Aber wir gehorchen nur dem Zaren! Er hat unsere Männer verbannt, also gehen wir mit ihnen.« Ninotschka drängte sich an Globonow vorbei zum Eingang. »Schickt er unsere Männer zurück, folgen wir ihnen auch. Es gibt für uns immer nur eine Richtung: die, in die unsere Männer gehen.«

Sie riß die Tür auf, prallte einen Moment vor der Hitze zurück, die ihr entgegenschlug, aber dann ging sie weiter, stolz und schön, nahm das dicke Kopftuch ab und schüttelte die langen schwarzen Locken.

»Ninotschka Koschkina«, sagte Globonow gedehnt. »Ich habe sie als Kind auf meinem Schoß reiten lassen – und was ist aus ihr geworden.«

Er winkte einem Offizier, der aus dem Schankraum kam und gab ihm den Befehl, zwischen den streitenden Kosaken und Kutschern für Ruhe zu sorgen. Dann wandte er sich wieder der Trubetzkoi zu.

»Ich weiß, daß Sie eine Sondergenehmigung des Zaren haben, Ihren Mann zu begleiten, Fürstin . . .«

»Ich spucke darauf!« unterbrach sie hin. »Das habe ich seiner Majestät auch mitteilen lassen, als er die Bittgesuche der anderen Frauen ablehnte. Ich will keine Gnade für mich allein. Wir alle wollen bei unseren Männern sein; da darf niemand zurückbleiben.«

Globonow erwiderte nichts darauf. Statt dessen bot er der Trubetzkoi den Arm. »Darf ich Sie meinen Gast nennen? Werden Sie mir die Freude machen, mit mir zu essen?«

»Wir alle – alle Frauen ohne Ausnahme. Wir sind Schwestern im Leid.«

»Wenn es sein muß!« Globonow seufzte zum drittenmal tief auf. »Fürstin, als ich mein Bein verlor, war mir nicht so elend zumute wie heute.«

»Wegen ein paar Frauen?«

»Wegen morgen.« Globonow geleitete die Trubetzkoi in den großen überheizten Schankraum. Er war bis auf zwei Offiziere leer. Alle anderen Reisenden hatte man schon bei der Ankunft der Verbannten in einen Stall umquartiert, so laut das Protestgeschrei der Betroffenen auch gewesen war. An einem Stehpult, auf dem das Gästebuch lag, stand Aljoscha, der Posthalter, ein dürres Männchen, das sich tief verbeugte.

»Was geschieht morgen?« fragte die Trubetzkoi, an Globonows letzte Bemerkung anknüpfend. »Eine neue Schikane?«

»Das übliche«, erwiderte Globonow plötzlich einsilbig. Was wirklich passieren sollte, lag selbst ihm schwer im Magen. Er dachte an die Sträflinge, die einmal Offiziere und Angehörige des Hochadels gewesen waren. Beim Morgengrauen würde man ihnen den letzten Funken von Menschenwürde nehmen, so als seien sie Tiere, denen man nur noch das Atmen, Essen und Schlafen erlaubte.

Eine Stunde später saßen alle Frauen der Deportierten an einem langen Tisch, aßen von einem vorzüglichen, knusprigen Braten, tranken den mit Wasser verdünnten schweren grusinischen Wein und sehnten sich nach ein paar Stunden Schlaf. Die Trubetzkoi stritt sich wieder mit Globonow über die Weiterfahrt.

»Nennen Sie mir ein Gesetz, das es einem freien Menschen verbietet, durch Rußland zu reisen, wohin er will, selbst wenn es Sibirien ist.«

»Und Ihre Pferde?« fragte Globonow zurück. »Woher wollen Sie den Hafer für sie nehmen? Die edlen Tierchen fressen weder Baumrinden noch Holz. Mehr werden sie aber hinter dem Ural nicht finden. Und an dem harten Gras im Sommer werden sie sich die Nüstern aufschneiden.«

»Es wird immer andere Pferde geben, Nikolai Borissowitsch.«

Globonow überblickte den langen Tisch, sah sich die Frauen an und senkte den Kopf. »Die Hälfte von Ihnen wird elend zugrunde gehen, Fürstin«, sagte er leise.

»Wir alle haben unseren Frieden mit Gott gemacht ...

Sonst hätten wir nicht in die Hölle ziehen können. – Nikolai Borissowitsch, wie geht es meinem Mann?«

Globonow hob die Schultern. »Er fällt nicht auf, und das ist schon viel wert. Wenn ich dagegen an diesen Schriftsteller Lobkonow denke ... ein sehr schwieriger Mensch! Läuft in seinen viel zu kleinen Kleidern herum, weigert sich, größere anzuziehen und singt Kinderlieder, wenn man ihn anspricht. Mich nennt er ›Väterchen mit der geschnitzten Wade‹. Ein Irrer! Er sieht in Sibirien kein riesiges Totenhaus, sondern Rußlands Zukunft. Eine Zukunft auf den Rücken von Deportierten ... Er ist total verrückt!«

Im Laufe des Abends verlor Globonow die Übersicht über die vielen Frauen. Die einen suchten sich ein Lager zum Schlafen, ein paar schrieben Briefe oder begannen, irgend etwas an ihrer Kleidung zu flicken, und dann traf auch noch von Perm eine Postkutsche mit neuen Reisenden ein. Von ihnen erfuhr man, daß die Straße nach Perm und weiter zum Ural eine einzige Schnee- und Eiswüste war.

»Welch ein Winter, Väterchen!« sagte einer der Reisenden zu Aljoscha, dem Postmeister. »Wir ertrinken im Schnee. Ich habe Dörfer gesehen, da ragten nur noch die Schornsteine aus den Schneemassen heraus.«

Bei diesem Durcheinander fiel es nicht auf, daß Ninotschka den großen Aufenthaltsraum verließ und draußen – an den abgeschirrten Schlitten vorbei – zu dem Nebengebäude hinüberschlich, dessen Holzläden fest verriegelt waren und vor dessen Tür ein einsamer Soldat in einem dicken Wolfspelzmantel Wache hielt. Er hatte gegen die durchdringende Kälte dicke Strohbündel um die Stiefel gebunden, stampfte hin und her und stellte sich dann unter das überhängende Dach.

Das Geräusch, das Ninotschkas langer Mantel auf dem verharschten Schnee machte, ließ ihn herumfahren und sein Gewehr hochreißen. »Wer da? Die Parole?« rief er.

»Fünfundzwanzig Rubel«, erwiderte Ninotschka mit unterdrückter Stimme. Sie blieb im Schatten der Hauswand. Der Soldat sah sie noch nicht, aber als er die Frauenstimme erkannte, senkte er das Gewehr.

»Geh zurück, Mütterchen. Es hat keinen Zweck.«

»Fünfundzwanzig echte Goldrubel ... nur für einen Blick durchs Fenster ...«

»Nein. Sie machen mich auch zum Sträfling. Und ich habe eine Frau und vier Kinder. Ich will sie wiedersehen.«

»Dann sind dreißig Goldrubel ein großes Geschenk!«

Der Soldat blickte sich um. »Ich habe noch nie dreißig Goldrubel auf einmal in der Hand gehabt. Wo bist du Mütterchen? Willst du wirklich nur einen Blick durchs Fenster werfen?«

»Mehr nicht!«

»Dann beeil dich. Dort, das vierte Fenster ist nur angelehnt. Wen suchst du denn?«

»Den Leutnant Borja Tugai.« Ninotschka rannte zu dem angegebenen Fenster. Der Soldat folgte ihr langsam. Er starrte sie an, und in seinen Augen glomm ein gieriges Leuchten auf. »Das ist ja gar kein Mütterchen, sondern ein junges Täubchen! Und was für eines! Ist er dabei, den du suchst? Da machen solche Herrchen Revolution und sind zu dumm dazu. Aber man läßt sie leben, weil es Hochwohlgeborene sind. Und die Weiber reisen ihnen nach, als wäre es eine Hochzeitsfahrt ins Grüne!

Bei allen Heiligen, was würde man wohl mit unsereinem machen, wenn wir den Zaren nur anspuckten! Zerreißen würde man uns, verbrennen und unsere Asche in den Schweinestall streuen ... nur wegen einem bißchen Spucke. Aber da drinnen ...« Er klopfte mit der Faust gegen die Hüttenwand, »die haben den Zaren töten wollen! Und trotzdem leben sie weiter, weil sie so vornehm sind und so viele Goldrubelchen haben!«

»Sei still«, sagte Ninotschka. Sie hatte kaum hingehört. »Fünfunddreißig Rubel!« Sie öffnete den Holzladen einen Spalt und blickte in den dahinterliegenden Raum. Drei trübe Lampen brannten. Die Männer saßen oder lagen am Boden, hatten Decken um sich gewickelt und schliefen oder unterhielten sich miteinander. Elendsgestalten in Lumpen waren es, bleich von der monatelangen Haft, zermürbt von der Schmach. Ninotschka erkannte den Fürsten Trubetzkoi. Er saß mit Wolkonsky und dem Grafen Pitschew zusammen an der Wand und trank aus einem Blechgefäß heißes Wasser. Pitschew kaute an einem Stück Brot herum.

»Weiß der Himmel«, sagte der Soldat verächtlich hinter Ninotschka, »das sind keine Helden! Ich hatte einen Bruder, den kreisten in den Wäldern von Blaskowinnje sieben

Räuber ein. Er war Soldat wie ich und sollte mit seinen Kameraden die Räuber fangen. Aber plötzlich war er allein und die sieben hatten ihn umzingelt. Was tat mein Micha? Er schlug mit dem Säbel um sich, köpfte zwei von den Halunken, erstach einen, und erst danach brach er an seinen Wunden zusammen. Das war ein Held, mein Bruder Micha! Aber die da ... nein!«

»Sei doch still!« Ninotschka suchte, in dem Gewühl der Männer Borja zu entdecken. Heiße Angst stieg in ihr auf. War er gar nicht hier? Hatte man vielleicht einen Teil der Verbannten noch in Petersburg zurückgehalten, um sie mit einem anderen Transport wegzuschicken? War sie so viele Tage durch Eis und Schnee gefahren, um jetzt zu erfahren, daß Borja noch in Petersburg war?

»Wie lange bist du bei dem Transport?« fragte sie den Soldaten heiser.

»Von Petersburg an.«

»Du kennst den Leutnant Tugai?«

»Ich kenne nur den Deportierten Tugai«, antwortete der Soldat gehässig und stellte sein Gewehr an die Wand. »Alles keine Helden ...«

»Mein Mann ist ein sechsfacher Held gegen deinen Micha!« rief Ninotschka. Die Verzweiflung, Borja nicht entdecken zu können, machte sie halb wahnsinnig.

»Das hättest du nicht sagen dürfen, mein Täubchen«, erwiderte der Soldat. »Micha zu beleidigen, wo er schon tot ist. Das kannst du mit Geld nicht wiedergutmachen!«

Er trat nahe an Ninotschka heran und blickte über ihre Schulter in den Raum. Sein Atem wehte ihr in den Nacken. »Später wird man sich erzählen, das schwarze Schwänchen habe den Soldaten Jefim einfach überfallen wollen. Aber der Jefim war stärker, und so gab es einen kleinen Kampf.«

»Da sitzt er!« Ninotschka umklammerte den Holzladen und starrte auf Borja, der sich gerade zu ihr umdrehte, aber sie natürlich nicht sehen konnte. Ein anderer Verbannter reichte ihm gerade ein Kartenspiel. Borja mischte und teilte die Karten aus. Neben ihm lag General Murawjeff auf der Erde. Bei der letzten Poststation hatte ein Reisender ihn gesehen und erkannt, und ihm aus seinem Gepäck einen modernen hellblauen Frack mit Goldknöpfen und dunkelblauen Seidenrevers schicken lassen. Oberst Globonow hatte erlaubt, daß Murawjeff ihn statt seiner Sträflingskleider trug. Und der hatte gesagt: »Ich werde ihn erst wieder ausziehen, wenn er mir vom Leib fällt. Ich nehme an, daß dann der Leib auch nicht mehr viel wert ist ...«

»Da sitzt er«, wiederholte Ninotschka glücklich. »Mein Borja! Sieh ihn dir an, Jefim! Steck ihm manchmal etwas zu essen zu ... Ich gebe dir hundert Rubel, damit du ihm etwas kaufen kannst. O Borjuschka, mein Liebling ...«

Sie blickte Tugai an und merkte nicht, wie der Soldat ganz nahe an sie herankam. Erst als er sie vom Fenster wegzog und ihren Nacken küßte, begriff sie, daß dem Soldaten in diesem Augenblick eine Frau wichtiger war als hundert Rubel. Sie wehrte sich, versuchte, seinem groben Griff zu entkommen, und trat nach ihm.

Jefim lachte nur. »Warum stellst du dich so an? Warum schreist du nicht? Aber das wagst du ja nicht! Man darf dich hier nicht finden, sonst schickt man dich unter Bewachung zurück! Wie es sich wehrt, das kleine Teufelchen! Beißen willst du mich? Komm nur mit, nebenan im Stall ist ein Ballen Stroh, der ist fast so weich wie deine Seidenbetten daheim.«

Er umfaßte Ninotschka, drückte ihr fast die Luft ab, als er sie hochhob, und so trug er sie die paar Meter bis zu dem kleinen Stall. Aber er erreichte die Tür nicht mehr. Plötzlich tauchte neben ihm ein großer Schatten auf, eine schwere Hand legte sich auf Jefims Schulter, und eine tiefe Stimme sagte: »Eine Maus wird nie ein Elefant. Das mußt du begreifen, Brüderchen.«

Jefim ließ Ninotschka los. Sie fiel auf die Knie, verlor das Gleichgewicht und rollte in den Schnee. Wie gelähmt starrte Jefim den riesigen Miron Fedorowitsch an. Er wollte zurückweichen, aber da hatte Miron ihn schon gepackt. Es gab ein kurzes Handgemenge, dann legten sich Mirons breite Hände um Jefims Hals ...

Wenig später verschwand der Kutscher hinter der Poststation. Er hatte sich den toten Soldaten wie eine Puppe über die Schulter geworfen und begrub ihn in einem Schneehaufen. Vor dem Frühjahr, wenn die Schneeschmelze einsetzte, würde niemand den toten Jefim finden, der seine schmutzigen Hände nach Ninotschka ausgestreckt hatte.

Ninotschka wartete auf der Veranda vor der Poststation. Sie zitterte am ganzen Körper, als Miron zurückkam. »Was hast du getan?« stammelte sie. »Er ist tot, nicht wahr?«

»Ungeziefer muß man vernichten«, sagte Miron dunkel. »Gehen Sie hinein zu den anderen, Hochwohlgeboren. Es ist nichts geschehen, gar nichts ... Sie haben nur einmal die frische, klare Schneeluft geatmet. Gute Nacht, Ninotschka Pawlowna.«

Sie nickte stumm, wandte sich ab und ging ins Haus zurück.

VIII

Am frühen Morgen kamen vier große Schlitten aus Perm und hielten in Nowa Scharja. Niemand außer dem Postmeister Aljoscha und Oberst Globonow war drinnen noch wach. Draußen loderten die Feuer der Kosaken, und die Wachen marschierten auf und ab.

Globonow klopfte seine Pfeife aus und trat auf die Veranda. Er zeigte auf die Schlitten. Ein paar in Pelze vermummte Gestalten kletterten heraus und klopften sich den Schnee von den Mänteln.

»Sind sie das?«

Aljoscha machte eine tiefe Verbeugung. »Jawohl, Herr Oberst, das sind sie. Pünktlich wie befohlen.«

Globonow murmelte einen Fluch und ging hinüber zu den Schlitten. Die Ankömmlinge rissen ihre Pelzmützen ab und drückten sie gegen die Brust.

»Habt ihr auch genug mitgebracht?« fragte Globonow hart.

Einer der Männer nickte. »Genug, Euer Gnaden. Wir haben immer einen Vorrat davon. Perm ist das Tor zum Ural ... da werden wir oft gebraucht.« Er lächelte schief.

Globonow trat an den ersten Schlitten heran. Er zögerte einen Augenblick, griff dann zu und zog die Decke zur Seite. Im Morgenlicht glitzerten Ketten.

Schöne neue Ketten waren es, mit verschließbaren Schellen an den Enden. Ketten, gerade so lang, daß sie einen weiten Schritt zuließen, und genauso schwer, daß man sie mühsam mit sich schleppen konnte über Tausende von Werst, durch Regen und Sturm, klirrenden Frost, wirbelnden Schnee und glühende Sonne. Durch Wälder und Sümpfe, über Berge und endlose Ebenen.

Sibirien begrüßte seine Verbannten, wie es ihnen zukam: mit Ketten.

Oberst Globonow wandte sich schroff ab.

»Wache!« brüllte er über den Platz. »Die Gefangenen wecken! Aljoscha!«

»Herr Oberst?« Der dürre Postmeister kroch in sich zusammen.

»Kann man die Frauen einschließen?«

»Es ginge, Euer Hochwohlgeboren!«

»Dann schnell! Sperr sie ein. Die Gefangenen hinüber zum großen Pferdestall!«

Aljoscha rannte davon wie ein Wiesel, um alle Türen der Postmeisterei zu verschließen. Die Männer aus Perm begannen, die Ketten abzuladen. Gerade ging eine bleiche Wintersonne am Himmel auf.

Globonow preßte die Lippen zusammen. In fünf Tagen ist Weihnachten, dachte er. Dann werden wir im Ural sein, und sie haben sich an die Ketten gewöhnt.

Ihm war hundeelend zumute.

Von dem bewachten Nebengebäude, in dem die Verbannten untergebracht waren, ertönten laute Kommandorufe. Dann näherten sich Schritte, Stimmengewirr klang auf, und die Wachposten riefen: »Schneller! Schneller! Voran!«

Die Deportierten tauchten auf. Es war ein Anblick, der einem das Herz herumdrehte, wie sie da herankamen, in zerlumpten Sträflingskleidern, mit Decken über den Schultern, noch halb verschlafen, aus dem armseligen Vergessen einer kurzen Nacht gerissen, angetrieben wie eine Viehherde.

In der Scheune, deren Doppeltore weit geöffnet waren, standen die Männer aus Perm neben ihren abgeschirrten Schlitten. Noch waren die Ketten mit Fellen und Decken zugedeckt, aber General Murawjeff ahnte Böses, denn er rief: »Paßt auf, Brüder, sie haben irgendeine Gemeinheit mit uns vor! Seht euch nur die Gaunervisagen an!«

»Wir sind ehrliche Handwerker«, rief einer der Männer zurück. »Ist es unsere Schuld, daß man euch nach Sibirien schickt? Man bezahlt uns für unsere Arbeit, und der Mensch muß Geld verdienen, um zu leben.«

Nachdem alle Gefangenen in die Scheune getrieben worden waren, wurden die Tore geschlossen. Oberst Globonow ließ sie von einer Gruppe schwerbewaffneter Soldaten umstellen.

»Ich habe etwas zu verkünden!« rief Globonow und stellte sich auf den Kutschersitz des ersten Schlittens. »Wir stehen vor dem Ural. Dahinter beginnt Sibirien.«

»Gehört Geographieunterricht auch zu unserer Strafe?« rief jemand aus dem Hintergrund.

Oberst Globonow seufzte. Er starrte Trubetzkoi und Murawjeff an, die in der vordersten Reihe standen, und spürte plötzlich einen dicken Kloß in seiner Kehle.

Mit einer hilflosen Bewegung wandte sich der Oberst um und bedeutete den Schmieden aus Perm, die Decken von den Schlitten zu nehmen. Im schaukelnden Licht der Stallampen glitzerten die neuen Ketten mit den Schließringen.

Einen Augenblick war es völlig still. Die zusammengedrängten Gefangenen hielten den Atem an, die Soldaten packten ihre Gewehre fester.

Wann kam der Aufschrei des Entsetzens? Wann kamen die Flüche, die Weigerungen?

Aber noch immer rührte sich niemand. Stumm starrten sie alle auf den Kettenhaufen. Dann sagte Murawjeff sehr ruhig in die Stille hinein:

»Ich werde diesen Schmuck nie tragen.«

Oberst Globonow sah Murawjeff an und klopfte mit der Faust gegen sein Holzbein. »Ich trage auch einen Schmuck zur Ehre Rußlands ...«

»Sie haben Ihr Bein in der Schlacht verloren!«

»Und Sie haben sich die Ketten bei einer Revolution erworben.«

»Aber ich bin Offizier, General!« schrie Murawjeff.

»Sie waren es, Graf. Jetzt sind Sie ein Verbannter.« Globonow war es heiß geworden. Er zwang sich zur Härte. »Einzeln herantreten! Die Hosenbeine hochstreifen! Auf den Schemel setzen.«

Niemand rührte sich.

»Leute«, sagte Globonow mit belegter Stimme, »zwingt mich nicht, euch an die Ketten zu peitschen. Es muß sein. Kommt her! Ihr wißt, was Befehle sind. Befehle fragen nicht nach dem Herzen, nicht einmal nach dem Verstand. Befehle müssen ausgeführt werden. Ich bitte euch, ich bitte euch alle . . .«

»Er hat recht.« Fürst Trubetzkoi trat als erster vor. »Es hat keinen Sinn, sich zu weigern. Wir alle haben keinen Willen mehr. Wir müssen gehorchen. Laßt uns vernünftig sein, Brüder.«

Er setzte sich auf den Schemel, schob seine Hosenbeine hoch und schloß die Augen. Der Schmied riß eine Kette aus dem Schlitten. Die Schlösser der beiden Ringe schnappten knirschend zu. Trubetzkoi blieb sitzen. Er atmete mit halbgeöffnetem Mund, als bekäme er keine Luft mehr, und ihm war, als ziehe von den gefesselten Knöcheln ein Eisstrom durch den ganzen Körper und lähme ihn völlig.

»Der nächste«, sagte der Schmied aus Perm gleichgültig. Er hatte schon Hunderten von Sträflingen die Ketten um die Fußknöchel gelegt. Er hatte Gebrüll erlebt, unflätige Beschimpfungen, Flüche und Drohungen, Tränen und Gebete . . . Für ihn war das eine Arbeit wie jede andere. Ob man ein Pferd beschlug oder einen Menschen in Ketten legte — wo war der Unterschied?

Trubetzkoi erhob sich. Taumelnd ging er ein paar Schritte. Die schwere Kette klirrte über den Boden. Der Fürst konnte kaum die Füße heben und begann zu schwanken. Borja Tugai sprang nach vorn, stützte ihn und führte ihn zurück in die Gruppe der Deportierten.

»Es sind Zentnergewichte«, sagte Trubetzkoi leise. »Es ist eine ganze Welt an Scham und Verzweiflung, die an den Füßen hängt.«

Er blickte Murawjeff an. »Jetzt Sie, Graf . . .«

Und Murawjeff gab seinen Widerstand auf. In seinem schönen Frack trat er nach vorn und setzte sich auf den Schemel. Der Schmied blickte ihn unschlüssig an. »Die Hosenbeine hoch«, sagte er endlich.

Murawjeff schüttelte den Kopf. »Leg die Ketten um die Hosen. Schmuck trägt man auf dem Frack, nicht darunter.

Außerdem werden deine Ketten länger halten als mein Hosenstoff.«

Es klirrte, als die Ringe zuschnappten, und Murawjeff verspürte das gleiche eisige Gefühl wie Trubetzkoi, das von den Füßen bis zum Herzen quoll. Murawjeff erhob sich, nahm die Ketten mit beiden Händen, drückte sie gegen die Brust und kehrte so, mit kleinen Schritten, zu den anderen zurück.

Draußen hämmerte jemand gegen das Stalltor. Ein Soldat öffnete, und der Postmeister Aljoscha stürzte herein.

»Hilfe!« schrie er. »Ich brauche Hilfe, Euer Hochwohlgeboren! Die Frauen ... Das sind keine Frauen mehr, es sind wahre Teufel! Eingeschlossen habe ich sie, wie befohlen, aber jetzt zerstören Sie das Innere des Hauses. Sie schlagen die Fenster ein und werfen nach mir mit Holzscheiten. Einige wollten sogar aus dem Fenster springen, wir mußten sie mit Gewalt zurückdrücken. Kommen Sie mit, Herr Oberst, selbst die Kosaken haben Angst vor diesen Weibern! So etwas hat es noch nicht gegeben!«

Globonow blickte zurück auf die Sträflinge. Vier hatten jetzt ihre Fußketten um, auf dem Schemel hockte gerade der Gardeleutnant Borja Tugai.

»Warum das alles?« fragte Globonow. »Warum dieser Aufruhr unter den Frauen? Was ändern sie denn damit? Es kostet nur Kraft, und die brauchen sie für die Monate, die vor ihnen liegen.«

Dann folgte er dem Postmeister nach draußen.

Nach einer Stunde war das Anlegen der Ketten beendet. Ein lautes, unheimliches Klirren erfüllte die Scheune, denn jede Bewegung der Füße ließ die eisernen Glieder aufklingen.

Die Frauen in der Poststation hatten sich dank Globonows Eingreifen auch beruhigt. Sie standen dicht gedrängt an den drei eingeschlagenen Fenstern, die Pelzkragen ihrer Mäntel hochgeklappt, und warteten auf das Erscheinen ihrer Männer. Noch immer riegelten die Kosaken das Haus ab.

Draußen fuhren die Transportschlitten vor. Von der anderen Seite näherten sich die Schlitten der Frauen mit ihren dickvermummten Kutschern. Es war ein klarer, eisiger Tag; der Schnee knirschte wie brechendes Glas, wenn man darüber ging.

Der Feldwebel Posnakow suchte seit einer Stunde fluchend den Wachsoldaten Jefim. Aber niemand hatte ihn gesehen. Er hatte Wache gehalten und war nicht zurückgekommen. Die Ablösung hatte sich zwar darüber gewundert, aber Jefim trank gern, und so glaubte man, er liege irgendwo im warmen Stroh und schliefe seinen Rausch aus.

»Oder er ist weggelaufen!« brüllte Posnakow. »Aber man wird ihn einfangen und ohne große Umstände aufhängen, diesen Hund!«

Das Doppeltor der Scheune wurde geöffnet. Die Kosaken griffen an ihre Säbel.

»Da kommen sie!« rief eine Frauenstimme. »Unsere Männer kommen!«

Zuerst erschien Oberst Globonow. Auf seinem Holzbein hinkte er über den abgesperrten Platz. Sein Bursche warf ihm den dicken Pelzmantel über und setzte ihm die hohe Fellmütze auf. Dann kamen einige Soldaten aus der Scheune und stellten sich rechts und links neben dem Tor auf wie zum Spalier.

»Was hat das zu bedeuten?« fragte Ninotschka. Sie stand neben der Fürstin Trubetzkoi. Ihr schmales Gesicht war noch gerötet von der Anstrengung, als sie vorhin mit zwei anderen Frauen versucht hatte, mit einem schweren Tisch die massive Tür der Poststation aufzubrechen.

»Eine Parade der Hölle!« Die Trubetzkoi lehnte die Stirn gegen das vereiste Holz des Fensterrahmens. »Ich ahne es, Ninotschka Pawlowna. Ich habe einmal durch Zufall einen Sträflingstransport auf dem Weg nach Sibirien gesehen. Ich bin an ihm vorbeigefahren. Sie gingen zu Fuß, immer vier nebeneinander, ein endloser Zug. Und um die Füße hatten sie ...« Sie verstummte und deutete hinaus. »Da sehen Sie es selbst!«

Ein helles Stöhnen ging durch die Schar der Frauen.

Die Sträflinge erschienen. Aber noch bevor man sie sah, flog ihnen das schauerliche Klirren der Ketten voraus. Sich gegenseitig stützend, wankten sie aus der Scheune und schleppten die Ketten hinter sich her. Wie Menschen, die nach langer Dunkelheit zum erstenmal ans Tageslicht kommen, blickten sie sich um, starrten hinüber zu den Frauen und schienen sie nicht zu erkennen.

Murawjeff hielt seine Kette wieder hoch vor die Brust. Er hatte entdeckt, daß man so besser laufen konnte, als wenn man das ganze Gewicht des Eisens an den Fußknöcheln nach sich zog. Aber dafür ermüdeten die Arme, und wenn die Ketten später im klirrenden Frost vereisten, würde die Kälte in den Handflächen brennen wie Feuer.

Stumm wankten die Elendsgestalten zu den bereitgestellten Schlitten hinüber und kletterten mühsam hinein. Ein paar Soldaten halfen ihnen, packten sie unter die Achseln und schoben die Ketten hinterher.

»O Gott, warum läßt du das zu!« stammelte Ninotschka. Sie zitterte am ganzen Körper. »Gnade, Gott, Gnade . . .«

»Gott hat Sibirien vergessen«, sagte die Trubetzkoi hart. »Wir können nur uns selber helfen.«

Sie sahen ihre Männer an, wie sie jetzt in den Schlitten hockten und die Decken über sich zogen. Borja suchte nach Ninotschka. Als er sie an dem Fenster entdeckt hatte, hob er die Hand und winkte ihr zu. Vom Magazin rumpelte ein schwerer, klobiger Transportschlitten mit drei kräftigen Pferden heran – der Verpflegungswagen. Das verriet, daß man jetzt nicht mehr in Poststationen übernachten würde, sondern in eine Gegend kam, wo man sich selbst versorgen mußte. Oberst Globonow verabschiedete sich von Aljoscha, dem Postmeister, und riet ihm, allen Schaden, den die Frauen angerichtet hatten, der Postdirektion zu melden. Die Kosaken rannten zu ihren Pferden und saßen auf.

Globonow humpelte durch den Schnee zu dem Fenster, an dem die Trubetzkoi und Nina standen. »Bespucken Sie mich nicht, meine Damen«, sagte er mit einem schiefen Lächeln. »Ich tue nur meine Pflicht. Man fragt nicht, was ich denke und fühle. Es übersteigt auch meine Befugnisse, wenn ich Ihnen jetzt etwas verrate: Vierhundert Werst lang werden wir keine Station mehr anfahren. Die mitgenommene Verpflegung reicht nur für uns. Selbst die Soldaten werden sich den Gürtel enger schnallen müssen. Für Sie, meine Damen, ist nicht gesorgt.«

»Wir werden nicht verhungern«, entgegnete Ninotschka stolz. »Ich kann schießen wie ein Mann.«

»Von erschossener Luft werden Sie nicht leben können.«

Globonow grüßte, sah die Frauen noch einmal mit einem langen Blick an und dachte:

Wie lange wird ihr Mut halten? Wieviel von ihnen werden Tschita erreichen, diese Sträflingsstadt im Süden Sibiriens, den letzten großen Umschlagplatz für Menschen, bevor die Kolonnen in die völlige Wildnis und das Vergessen ziehen?

Er humpelte zu seinem Schlitten, stieg mit Hilfe seines Burschen ein und kroch unter die dicke Felldecke. Die Kosaken hatten sich formiert, die Schlitten mit den Soldaten warteten schon außerhalb des Posthofes. Jetzt fuhren die Kutscher der Frauen vor, an ihrer Spitze Miron Fedorowitsch.

»Kolonne abfahren!« rief Globonow. Die Schlittenkufen knirschten über den verharschten Schnee. Aljoscha, der Postmeister, zog seine Mütze, machte einige tiefe Verbeugungen und rief: »Gott befohlen, Euer Gnaden! Kommt alle gut zurück.«

Die Kosakenschwadron trabte an, der weiße Dampf aus den Pferdenüstern wallte wie kleine Wolken über Menschen und Tieren, dann stob die Kolonne davon und hinterließ nur einen Nebel aufgewirbelten Schnees.

»Wieviel Proviant haben wir noch?« fragte die Trubetzkoi.

»Wenn wir sparsam leben, für vier Tage«, antwortete Ninotschka.

»Stimmt es, daß Sie schießen können wie ein Mann?«

»Ich bin auf allen Jagden meines Vaters mitgeritten.« Ninotschka sah der Schneewolke nach. Borjuschka, dachte sie zärtlich, wir werden Sibirien erobern!

»Wir müssen damit rechnen«, sagte die Trubetzkoi nachdenklich, »daß man nur uns Frauen nach Sibirien hineinläßt und die Männer zurückschickt. Wissen wir, welche Befehle die Kommandanten der Festungen haben, die wir passieren müssen? Es kann sein, daß unsere Kutscher eingesperrt werden.«

»Dann lenken wir die Pferde selbst.«

»Keine von uns hat das gelernt.«

»Dann üben wir es!« Ninotschka knöpfte ihren Pelzmantel zu. »Fürstin, wir haben viel Zeit und offenes Land vor uns, um zu lernen, wie man mit Zügel und Peitsche umgeht. Ich schlage vor, wir setzen uns nicht mehr hinten in die Schlitten, sondern nach vorn neben die Kutscher. Bis zum Ural sollten alle Frauen einen Schlitten lenken können.«

»Ein guter Vorschlag.« Die Trubetzkoi zog ihre dicken Fellhandschuhe an. »Und auch das Schießen müssen Sie mir beibringen, Ninotschka Pawlowna.«

Fünf Tage fuhren sie durch Schnee und klirrende Kälte. Fünf Nächte verbrachten sie im Schlitten, eingewühlt ins Stroh und in Decken gehüllt. Fünf einsame Tage und Nächte in einem Land, das unter den weißen Schneemassen wie erstorben schien. Kein Dorf war zu sehen, kein Haus, kein Tier, kein Mensch – nur einsame Weite, schweigende Wälder, Felsen und eine markierte Straße, die hineinführte in das wildgezackte Gebirge, hinauf zu dem Paß, der den Ural mit Sibirien verband. Mit jenem jungfräulichen Land, das im Winter ein unendliches weißes Grab war, im Frühjahr, wenn Ob und Irtysch über die Ufer traten, eine Wasserwüste, im Sommer eine brütende, glutende Pfanne und im Herbst ein Becken voll Schlamm ... Alles überdimensional, alle Maße sprengend, unbegreiflich in Schönheit und Feindseligkeit.

Die Pferde der Frauen, diese edlen Tiere aus den besten Gestüten, waren die ersten, deren Kraft erlahmte. Sie hielten das mörderische Tempo der Sträflingsschlitten und der Kosaken nicht durch, wurden mager und knochig wie uralte Mähren und schwankten nur noch vor den Schlitten, stolperten und waren zu schlapp, um zu fressen.

Während einer Rast ging Miron Fedorowitsch herum und zählte die Gäule, die seiner Meinung nach die Uralhöhe nicht mehr erreichen würden. Es waren vierzehn Tiere, die irgendwo im Gebirge zusammenbrechen würden, weil sie nicht mehr die Kraft hatten, die Schlitten die steile Gebirgsstraße hinaufzuziehen.

»Es wird eine Katastrophe, Hochwohlgeboren«, sagte der Kutscher zur Ninotschka. »Wir müssen neue Pferde haben. Gebe Gott, daß wir bald durch ein Dorf kommen, sonst sind wir verloren.«

Am nächsten Tag schickte Miron einige Kutscher aus,

um die Umgebung auszukundschaften. Man hatte jetzt zwei Schlitten hintereinandergebunden und ließ sie von drei Pferden ziehen. Dadurch konnte sich immer eines erholen. Aber auch das war keine Lösung. Die Tiere dampften wie die Suppenkessel. Außerdem war es ein Wahnsinn, auf diese Weise ein Gefährt zu lenken. Der hinterste Schlitten kam ständig aus der Spur, stellte sich quer oder wurde umgerissen. Das kostete Zeit und doppelte Kraft, um trotz der Verzögerung die Deportiertenkolonne wieder zu erreichen.

Wie Ninotschka vorgeschlagen hatte, saßen jetzt auch die Frauen abwechselnd auf dem Kutscherbrett und lernten, wie man Pferde lenkt. Miron hatte begonnen, aus drei Frauenkleidern eines für seine Größe zu nähen und probierte das komische Gebilde bei einer Rast heimlich an. Ninotschka, die ihn dabei überraschte, starrte ihn sprachlos an.

»Wenn es wahr ist, daß man nur die Frauen nach Sibirien hineinläßt, Hochwohlgeboren«, erklärte der Kutscher etwas verschämt, »dann werde ich eben auch eine Frau sein. Ich habe geschworen, Sie nie aus den Augen zu lassen.«

»Aber Miron!« Die Treue des Riesen rührte Ninotschka. »Man wird rasch herausfinden, daß du ein Mann bist!«

»Wie denn, Hochwohlgeboren? Es wird niemand wagen, mir unter die Röcke zu gucken!« Er ging in dem halbfertigen Kleid mit wiegenden Hüften hin und her und sah Ninotschka enttäuscht nach, als sie lachend zu den anderen Frauen zurückkehrte.

Am zehnten Tag hatten die ausgeschickten Kutscher Erfolg. Abseits der Straße lag ein kleines Dorf, völlig eingeschneit, mit zugenagelten und verklebten Fenstern. Nur der Rauch aus den Kaminen bewies, daß hier Menschen und Tiere den Winter überdauerten wie Bären in ihrer warmen Höhle.

»Dort gibt es sicher auch Pferde!« rief Miron. »Wie weit ist das Dorf entfernt? Zwanzig Werst? Da verlieren wir einen Tag, aber wir holen ihn wieder auf mit den frischen Gäulen. Los, los, Brüderchen, zum Dorf!«

Die Frauen gaben Miron einen Beutel voll Rubel mit, die Trubetzkoi trennte sich sogar von einem wertvollen Ring. Dann ritten die Männer davon. Die Schlitten waren zu einem Rund aufgefahren, Feuer loderten, zum erstenmal nach zehn Tagen konnte man sich richtig ausruhen, die Geschirre flicken, sich im heißen Wasser aus geschmolzenem Schnee waschen und vor allem das tun, was man bisher immer gescheut hatte: die armen, lahmen, schwankenden Pferde töten, für die der Weitermarsch nur noch eine unnennbare Qual geworden wäre.

Die Fürstin Trubetzkoi verkroch sich in ihrem Schlitten und zog ihre Pelzdecken über sich, als man zwei ihrer edlen Pferde erschoß. Früher waren sie mit purpurnen Schabracken bei den kaiserlichen Paraden mitgeritten. Jetzt, am Rande Europas, waren es knochige Klepper, für die der Schuß in den Kopf eine Erlösung bedeutete.

Am Abend kamen Miron und die anderen Männer zurück. Sie brachten vierzehn kleine Steppenpferde mit, stämmige Tiere, die froh waren, aus dem engen Stall herauszukommen und sich in der Weite der Schneefelder zu tummeln.

Am nächsten Morgen fuhren sie weiter. Die kleinen Pferdchen legten sich ins Geschirr, daß es eine Freude war. Sie berührten kaum die Erde mit ihren Hufen und flogen nur so über das Schneefeld dahin.

»Hoi! Hoi!« schrie Miron fröhlich. »Lauft, ihr Lieben! Streckt euch, ihr Guten. Auf euch kann man sich verlassen! Jetzt kann uns Sibirien nichts mehr anhaben!«

Auf der Höhe des Passes schlugen die Soldaten und Deportierten ihr Lager auf. Oberst Globonow humpelte an die Stelle, von der aus man ins Tal hinunterblicken konnte. Hier standen schon Trubetzkoi, Murawjeff, Wolkonsky, Borja Tugai und ein paar andere und starrten in die Tiefe. Die zugefrorenen Flüsse blinkten in der Abendsonne. Und sonst Wälder, so weit man blicken konnte. Wälder, Schnee und Schweigen.

»Jawohl, das ist Sibirien«, sagte Globonow mit einem Zittern in der Stimme.

Die Deportierten schwiegen. Ihre Ketten klirrten, als sie sich bewegten. Sie hatten sich jetzt an die Eisenlast gewöhnt und machten es wie Murawjeff. Sie nahmen die

Ketten in die Hände und ließen so viel Spielraum, daß sie gut dabei ausschreiten konnten.

»Wie geht es jetzt weiter?« fragte Borja.

»Da hinunter, mein Lieber.« Globonow zeigte in die Tiefe. »Dort unten treffen wir wieder auf die Poststraße. Wir haben seit fünf Tagen einen Umweg gemacht.«

»Wozu?« fragte Wolkonsky ironisch. »Um uns die schöne Gegend zu zeigen?«

»Das Gebiet, das wir umgangen haben, ist unruhig. Es hätte zu Sympathiekundgebungen für euch kommen können, vielleicht zu Schlägereien. Begnadigte Strafgefangene haben diese Siedlungen auf Befehl des Zaren angelegt, um das Land zu erschließen. Auch große Ländereien der Stroganoffs liegen dort. Man hat kein Interesse, da Deportierte durchziehen zu lassen.«

Später stand der Oberst unruhig außerhalb des Lagers und blickte die Straße hinunter. Er war daran gewöhnt, daß die Schlitten der Frauen ungefähr im Abstand von einer Stunde folgten. Aber diesmal blieben sie aus.

Als die Nacht aus dem Tal heraufkroch, ließ er seinen Schlitten wieder anspannen und fuhr ein Stück des Weges zurück. Aber kein Schlitten war zu entdecken, kein Laut zu hören bis auf das ferne Heulen einsamer Wölfe, die hungrig durch den Schnee strichen.

Globonow machte sich Sorgen. Die Wölfe waren keine Gefahr – eine so große Schlittenkolonne griffen sie nicht an. Außerdem waren die Kutscher bewaffnet. Aber daß die Frauen nicht nachgekommen waren, mußte doch einen Grund haben ....

Der Oberst kehrte zum Lager zurück und befahl einer Kosakenabteilung, die Frauen ausfindig zu machen. »Sobald ihr sie gesichtet habt, kommt ihr zurück. Sie brauchen euch nicht zu sehen. Sonst denken sie noch, daß wir uns um sie kümmern.«

Gegen Mittag des nächsten Tages – der Sträflingstransport fuhr auf Globonows Befehl erstaunlich langsam die Gebirgsstraße hinab – entdeckten die Kosaken die Schlittenkolonne der Frauen. Sie wendeten sofort und galoppierten zurück. Globonow atmete auf. »Jetzt legen wir wieder unser gewöhnliches Reisetempo vor. Dawai, laßt die Pferdchen laufen! Sibirien kann nicht von Schlafmützen erobert werden!«

Die Peitschen knallten über die Köpfe der kleinen Gäule, die Kufen knirschten im Schnee. Hinein nach Sibirien ...

Als die Frauen die Paßhöhe erreichten, hielten auch sie die Schlitten an und blickten, wie zuvor ihre Männer, hinunter in die endlosen Wälder.

»Laßt uns beten«, sagte die Fürstin Wolkonsky, die eine sehr gläubige Frau war. »Bis hierher war Gott mit uns. Er muß es auch sein bis ans Ende unseres Weges ...«

Sie zündeten Kerzen an, steckten sie in den verharschten Schnee und knieten nieder. Und die Kutscher in ihren Schlitten rissen die Fellmützen ab und bekreuzigten sich.

In einem großen Kreis, den Kopf gesenkt, beteten still die Frauen.

»Gib uns Kraft, Gott. Vor uns liegt Sibirien. Wir wollen es beherrschen mit unserer Liebe ...«

IX

Der Abstieg vom Ural in die Niederungen des Flusses Tobol war eine einzige Qual.

Schlitten stürzten um, noch weitere Pferde starben vor Erschöpfung im Geschirr, eine Frau brach sich den Arm, und Miron Fedorowitsch stritt sich mit ein paar anderen Kutschern herum, weil sie sich weigerten, diese Höllenfahrt weiter mitzumachen. Sie hatten Angst vor der Taiga und der nun fast zur Gewißheit gewordenen Ahnung: aus diesem Land kommen wir nicht wieder zurück!

Die beiden Kolonnen fuhren jetzt dicht hintereinander. Die Frauen bildeten gewissermaßen die Nachhut der Männer, und als sie den Tobol erreichten und die Stadt Tjumen vor sich sahen, gehörten sie praktisch schon zu den Deportierten. Es war eine lange Kette von Schlitten, umritten von den Kosaken, die sie nach allen Seiten absicherten.

Man kam jetzt in ein Gebiet, das berüchtigt war für seine Räuberbanden. Fast jede Woche wurden Handelszüge überfallen. Und Oberst Globonow transportierte neben den Dekabristen auch drei Kisten mit Goldrubeln nach Sibirien, die dazu bestimmt waren, im Süden des Landes eine neue Kolonie aufzubauen – einen neuen Stützpunkt des Zaren, besiedelt von Verbannten.

»Es ist besser, wir bleiben zusammen, meine Damen«, hatte Globonow zu den Frauen gesagt, als sie das letzte Lager vor Tjumen aufschlugen. »Ich überschreite damit meine Befugnisse, ich müßte Sie wegjagen aus der Nähe der Sträflinge, aber was soll das! Hier ist der Zar weit. Nur bitte ich mir eines aus: keinen Kontakt zu den Männern! Keine Annäherungen, keine Gespräche. Nutzen Sie meine Gutmütigkeit nicht aus, meine Damen.«

Es zeigte sich, daß Globonow großzügiger war, als er sagte. Nachdem man in Tjumen für alle Schlitten frische Pferde bekommen und die Vorräte aufgefüllt hatte, ergab es sich eigentlich ganz von selbst, daß der mitgeführte Militärkoch zu einer Art Küchenjunge degradiert wurde und die Frauen das Kochen übernahmen. An großen Lagerfeuern brutzelten Braten und dampften Suppenkessel, und selbst die Kosaken beteuerten: »So gut haben wir lange nicht gegessen! Welch ein Geschmack! Welch ein Fest!«

Und so standen bei jeder Rast die Soldaten und Deportierten in einer langen Reihe, ihr Blechgefäß in den Händen, und marschierten an den köstlich duftenden Kesseln vorbei, an der Spitze Oberst Globonow, der mit einem schiefen Lächeln sagte:

»Das kann selbst mich über Sibirien hinwegtrösten. Ninotschka Pawlowna, geben Sie mir eine ordentliche Portion von Ihrer wundervollen Kascha. Bei allen Heiligen, Sie machen mich noch auf meine alten Tage zum Vielfraß!«

Bei diesen Gelegenheiten war es natürlich einfach, mit den Männern zu sprechen. Aber was sollte man sagen? Man sah sich an und fragte doch ewig dasselbe: »Wie geht es dir? Machen dir die Ketten Beschwerden? Kopf hoch, Liebster! Wenn wir alle zusammenbleiben, kann auch die Taiga nicht so schlimm werden. Und im übrigen haben wir noch eine lange Wanderung vor uns. Wer weiß, ob bis zu unserer Ankunft die Welt nicht anders aussieht und uns ein Kurier des Zaren zurückholt nach Petersburg.«

Es war wirklich immer das gleiche, und doch gaben ihnen diese Worte Kraft. Denn hinter ihnen stand die Liebe, diese ungeheure, unbeugsame Liebe, die Not und Elend überwand und selbst den Tod nicht fürchtete.

Sie kamen nach Omsk, durchquerten die Wasnujanskij-Sümpfe, fuhren durch unendliche Wälder, setzten über das Eis des riesigen Ob und kamen in ein Gebiet, in dem die Kirgisen, schlitzäugige Menschen mit gelblicher Hautfarbe, lebten. Sie wohnten in Rundhütten, die sie Aul nannten, und wirkten überaus freundlich. Sie umarmten die Deportierten, als seien es ihre Brüder und stahlen nachts, was nicht niet- und nagelfest war. Oberst Globonow, der sich ausrechnete, daß sie ungefähr vier Wochen durch dieses Gebiet ziehen würden und daß sie danach vielleicht die Schlitten selbst ziehen mußten, weil alles gestohlen worden war, nahm zehn der schlitzäugigen Männer als Geiseln mit.

»Für jeden Diebstahl lasse ich einen von ihnen erschießen!« brüllte er. »Und wenn diese zehn hier tot sind, hole ich mir die nächsten, ist das klar? Klaut von mir aus den Stroganoffs die Wurst vom Brot. Sie haben's ja in Hülle und Fülle. Aber wir sind arme Soldaten.«

Die Kirgisen berieten sich miteinander. Und am nächsten Tag holten sie mit ihren kleinen struppigen Pferdchen die Schlittenkolonne ein und brachten den Sträflingen getrocknetes Fleisch, Stockfisch aus den Seen und irdene Gefäße mit eingesalzenem Gemüse.

»Sehen Sie, meine Damen«, sagte Globonow zufrieden, als es zum Abend Braten mit gesäuertem Kohl gab, »auch das ist Sibirien. Hier hat man ein großes Herz ... im Guten wie im Bösen.«

An einem Abend, zwischen Kysas und Mochowski, in der Nähe des riesigen Flusses Jenissej, standen sich plötzlich Ninotschka und Borja allein gegenüber. Der Fluß war ein ganzes Stück nicht völlig zugefroren. Globonow hatte deshalb Kosakenpatrouillen ausgeschickt. Sie sollten ein Dorf finden und bei den Einwohnern erfragen, wo man hier über den Fluß setzen konnte.

Die Poststation, die sie passiert hatten, war leer gewesen – etwas noch nie Dagewesenes. Der Postmeister hatte als letzte Eintragung in sein Fremdenbuch geschrieben:

9. Februar 1827. Gott sei mit allen, die hier einkehren.

Ich ertrage dieses Dasein nicht mehr. Ich weine vor Einsamkeit und habe Angst, daß ich den Verstand verliere. Verzeiht mir alle – aber ich gehe dorthin, wo Menschen sind. Vier Pferde habe ich mitgenommen. Den letzten Reisenden habe ich vor vierzehn Tagen gesehen. Wer kann dieses Alleinsein aushalten, Jahr um Jahr? Gott sei mir gnädig, ich bin kein schlechter Mensch, ich bin bloß verzweifelt ...

»Und wir stehen hier und wissen nicht, was wir tun sollen!« hatte Globonow heiser vor Wut geschrien. »Vor uns der Jenissej, und keiner kann uns sagen, wie wir ans andere Ufer kommen. Wer Postmeister in Sibirien wird, muß wissen, was ihn erwartet!«

Und jetzt, kurz vor Einbruch der Nacht, hatte sich Ninotschka auf die Suche nach Borja gemacht. Sie fand ihn hinter einem der Materialschlitten. Er stand an einem niedrigen Hauklotz und hackte Holzkloben für die Lagerfeuer. Als er Ninotschka erblickte, warf er das Beil fort und breitete weit die Arme aus.

»Ninotschka ...«, stammelte er.

»Borjuschka ...«

Sie lagen sich in den Armen und küßten sich wie Verdurstende. Es war ein eisigkalter Abend. Vom Norden her wehte ein heftiger Wind, trieb den Schnee wie eine wirbelnde weiße Wolke vor sich her und überschüttete alles mit dieser weißen Sturzflut. Falls der Wind stärker wurde, gab es nur eines: sich verkriechen und abwarten, denn die Natur ist stärker als der Mensch.

»Wie habe ich auf diesen Augenblick gewartet!« sagte Borja. »Dich immer nur sehen zu können, wenn das Essen ausgegeben wird, so nah und doch so unerreichbar ... das ist eine zusätzliche Qual. Ninotschka ...« Er küßte sie wieder, und sie umklammerte seinen Hals, öffnete ihren weiten Pelzmantel und schlug ihn um sich und Borja zusammen.

»Frierst du nicht, Liebster?« fragte sie. »Der dünne Mantel, den sie dir gegeben haben, die zerrissene Wattemütze, die alten Stiefel ... oh, du mußt jämmerlich frieren!«

»Es ist nicht so schlimm«, sagte er. »Aber hast du Lobkonow gesehen? Die Ketten haben sich durch sein Fleisch gescheuert bis auf die Knochen. Und Wanschiky hat Frostbeulen, so groß wie Kinderfäuste. Die Mehrzahl von uns wird Tschita nicht erreichen, wenn es so weitergeht.«

»Denke nicht daran, Borjuschka. Spür nur: deine Frau ist da . . .«

Der Wind hatte sich verstärkt, das Schneetreiben nahm jetzt alle Sicht. Die abgeschirrten struppigen Pferde standen dicht aneinandergedrängt und ließen die Köpfe hängen. Globonow lief herum und rief, man solle sich in die Schlitten verkriechen und die Feuer verlöschen lassen. Man sah ihn nicht, man hörte nur seine Stimme durch den dichten Schneesturm.

»Komm«, sagte Borja Tugai. »Hier in dem Schlitten ist es warm, und wir sind allein.«

Er hob die Plane hoch, half Ninotschka, einzusteigen, und kroch hinterher. Er zog die Felldecken und die Plane über sie, als schlösse er ein Zeltdach.

Sie lagen zwischen Kisten und Säcken voll Kartoffeln und Gemüse, Maiskörnern und Trockenfisch auf einigen Bündeln Heu. Hier war es warm und bequem, und in den nächsten Stunden waren sie sicher vor allen Kontrollen. Draußen tobte der Sturm, ließ die Schlitten manchmal hin und her schwanken wie Schiffe auf hoher See und heulte schauerlich durch die Holzritzen der Fahrzeuge.

»Ich liebe dich, Borjuschka . . .« Ninotschka öffnete ihren Pelzmantel. Borja legte seinen Kopf auf ihre Brust, atmete tief den Duft ihres Körpers ein und streichelte sie dabei. Die Zärtlichkeit, die sie empfanden, ließ sich mit Worten nicht ausdrücken. So schwiegen sie, fühlten nur sich, vergingen vor Verlangen und vergaßen alles um sich her.

Der Sturm wütete, als solle die Welt untergehen, warf Schneemassen über die Schlitten und deckte sie zu. Auch Borjas Schlitten schneite ein, aber die beiden Menschen merkten es nicht. Sie hörten kein Windgeheul, sie spürten nicht die Kälte, die durch die Ritzen drang, sie fühlten nur sich, die Wärme ihrer vor Liebe brennenden Körper und ihre Hingabe.

Es war ihre Hochzeitsnacht – im Heu, zwischen Säcken voller Zwiebeln und Kartoffeln, begleitet von der wilden Melodie des Sturms.

»Ich liebe dich, Borjuschka!« Ninotschka umfaßte das

Gesicht ihres Mannes. »Und wo zwei Menschen sich lieben, ist überall das Paradies.«

Der Sturm dauerte sieben Stunden. Als er abflaute, war keine Schlittenkolonne mehr zu sehen, sondern nur noch eine Menge weißer Hügel. Die struppigen Pferdchen wühlten sich zuerst aus den Schneemassen hervor. Sie stießen mit den Köpfen durch die Schneehaufen, schnaubten, blickten sich um und wieherten hell. Es war wie ein Symbol: Das Leben geht weiter.

Am Morgen kehrten die Kosaken zurück und halfen, die eingeschneiten Schlitten freizuschaufeln. Man wußte nicht, wo man über den Jenissej setzen konnte.

Sie hatten einen Führer mitgebracht, der ihnen den Weg wies.

Im Lager der Frauen blickte die Fürstin Trubetzkoi Ninotschka mit zusammengekniffenen Augen an, als sie, in ihren Mantel gehüllt, plötzlich wieder auftauchte.

»Sie waren lange fort, Ninotschka Pawlowna«, sagte sie. Und als Ninotschka schwieg, fügte sie hinzu: »Es ist kein Vergnügen, auf der Landstraße ein Kind zu bekommen.«

»Es soll ein Sohn werden«, sagte Ninotschka beinahe feierlich. »Und später ein Mann, der zu diesem Land hier Heimat sagt. Wenn es Tausende von jungen Männern sagen, wird Rußland groß und unbesiegbar sein.«

»Aber zuerst müssen Sie Ihr Kind im Straßengraben zur Welt bringen, meine Liebe. Welch eine Dummheit! Glauben Sie, ich hätte keine Gelegenheit gehabt, mich mit meinem Mann irgendwo zu verkriechen? Wenn wir alle das täten, welch ein Bild! Voran die Verbannten, die ›toten Seelen‹, und hinterher ihre schwangeren Frauen! Ninotschka, Sie vernichten sich selbst damit!«

»Es war unsere Hochzeitsnacht, Fürstin«, sagte Ninotschka leise. »Jetzt erst bin ich wirklich Borjas Frau. Und jetzt fürchte ich auch Sibirien nicht mehr ... und wenn wir bis zum Eismeer wandern müssen.«

»Warten wir es ab.« Die Trubetzkoi hob den Deckel von dem dampfenden, brodelnden Teekessel und steckte eine Kelle hinein.

»Der Tee ist fertig!« rief sie mit lauter Stimme durch das Lager. »Anstellen, meine Herrschaften! Und bei der Gräfin Wolkonsky gibt es Brot ... anstellen!«

Oberst Globonow kroch aus seinem Schlitten. Mit diesen Frauen lohnt es sich zu leben, dachte er. Ein Jammer, daß man selbst ein alter verkrüppelter Kerl ist, der zu nichts mehr taugt, als Verbannte nach Sibirien zu führen.

Bald darauf erreichten sie Irkutsk. Diese Stadt am Baikalsee, von der man sich in den Salons von Petersburg erzählt hatte, daß der dortige Gouverneur wie ein Zar herrsche. Er unterhielte eine eigene Armee, wohne in einem Palast, der der Sommerresidenz des Zaren in nichts nachstände, hielte sich chinesische Mätressen und ließe sich in vertrautem Kreis auch als ›Kaiser von Sibirien‹ bezeichnen.

Seine Berichte nach Petersburg waren karg. Die Kontrolleure des Zaren erzählten auch wenig – man munkelte, sie seien bestochen worden.

Und nun fuhren die Deportierten und ihre Frauen durch dieses sagenhafte Irkutsk, das einen eigenen Kreml besaß, schöne, große Häuser aus Holz, mit Schnitzereien verziert, bemalt von Künstlerhand, breite, gewalzte Straßen und drei Kirchen mit goldenen Altarwänden.

Eine erstaunliche Stadt am Angara war Irkutsk, ein paar Kilometer vom Baikalsee entfernt und mit ihm durch eine Straße und die Mündung des breitströmenden Flusses verbunden.

Der Gouverneur war von der Ankunft der Schlittenkolonne informiert worden und erwartete die Damen in seinem Haus.

Es war kein Zarenpalast, wie man in Petersburg behauptet hatte, aber immerhin der Wohnsitz eines sehr reichen Mannes, mit Teppichen und Silberfuchspelz-bezogenen Sesseln, Podesten, über die man Nutria- und Otterfelle gelegt hatte, und Betten, in denen man sich mit flauschigen Weißfüchsen und schmeichelnden Nerzen zudeckte.

Die Dekabristen wurden sofort in die Kaserne gebracht und dort eingeschlossen. Die Frauen erhielten im Haus des Gouverneurs einen ganzen Flügel für sich allein. Zofen und Lakaien standen bereit, sie zu bedienen. Schwitzbäder waren vorbereitet worden und strömten einen starken Geruch nach Birkenöl und Kiefernnadeln aus, und im Speisesaal war die Tafel gedeckt mit Silbergeschirr und goldenen Leuchtern.«

»Und da sagt man immer, hinter dem Ural höre die Welt auf!« rief die Fürstin Trubetzkoi. Sie kam gerade aus dem Bad und wurde abgetrocknet. »Ich wette, meine Lieben, der Gouverneur würde es als eine Degradierung betrachten, wenn der Zar ihn nach Petersburg zurückriefe. Hier kann man leben! Wer das bestreitet, ist ein Lügner!«

Der Gouverneur Semjon Iljajewitsch Abduschej war ein Mann von merkwürdigem Aussehen. Groß, überschlank, fast dürr, mit einem Hängebart über den schmalen Lippen und gelblicher Haut. Er stammte aus einer Provinz im Süden, wo sich Russen und Kirgisen vermischt und auch einen Schuß mongolischen Blutes mitbekommen hatten.

Daß er überhaupt General und Gouverneur geworden war, erschien erstaunlich. Denn es war eine bekannte Tatsache, daß das russische Offizierscorps fast ebenso exklusiv war wie das preußische. Hier duldete man keine Außenseiter, vor allem niemanden von einer etwas unklaren Herkunft. Abduschej bildete da eine wohl einmalige Ausnahme. Allerdings diente er nur in entfernten Provinzen. Er hatte Petersburg dreimal gesehen, und erhielt seine Beförderungen durch einen Kurier mitgeteilt. Aber inzwischen war er zum ungekrönten Herrscher Sibiriens geworden.

In den höfischen Sitten kannte er sich nicht aus, aber er konnte über die Schulter schießen, indem er das Ziel mit Hilfe eines Spiegels anvisierte. Er konnte keine Quadrille tanzen, aber er hob in rasendem Galopp ein Taschentuch vom Boden auf – Kosakenspiele, in denen er Meister war. Außerdem hatte er unzählige Rebellen kurzerhand aufknüpfen lassen – etwas, das sehr zum Frieden in Sibirien beigetragen hatte.

Heute jedoch zeigte Semjon Iljajewitsch, daß er auch ein galanter Mann sein konnte. Er begrüßte die Damen wie ein Franzose mit Handkuß, machte jeder ein Kompliment über ihr Kleid oder ihr Parfüm, und dann sagte er:

»Sie sind ja hierher geflogen, meine Damen! Normale Sträflingstransporte brauchen von Petersburg bis Irkutsk vier oder fünf Monate, je nachdem, wie der Winter ist. Und in diesem Jahr haben wir einen besonders harten Winter.«

»Wir wollten die Reise schnell hinter uns bringen, Exzellenz«, antwortete Ninotschka. »Um so mehr Zeit haben wir, uns am Ziel einzurichten.«

»Kennen Sie Ihr Ziel denn?«

»Nein. Sie, Exzellenz?«

»Sehr genau.« Abduschej wartete, bis alle Damen saßen, nahm dann auch Platz und gab dem Leiblakai einen Wink. Die Türen sprangen auf, das Essen wurde auf großen Silberplatten serviert: Suppe aus sibirischen Nachtigallen, gespickte Rentierkeule mit gesäuertem Blumenkohl, dazu kandierte Früchte und mit zartem Kalbfleisch gefüllte Piroggen.

Die Frauen sahen sich um, dann legte die Trubetzkoi ihre Serviette auf den Teller zurück. Alle Frauen machten es ihr nach, und die Lakaien starrten irritiert den Gouverneur an.

»Sie mögen keine Nachtigallen?« fragte Abduschej genüßlich. »Meine Damen, Sie kennen diese Köstlichkeit nur noch nicht. Es ist wie Gesang auf der Zunge. Probieren Sie es, bitte ...«

»Erlauben Sie eine Frage, Exzellenz?« unterbrach ihn die Trubetzkoi. »Was essen unsere Männer?«

Abduschej hob die Schultern in dem goldbestickten Uniformrock. »Ich weiß es nicht. Man könnte nachfragen lassen. Sokol, du Hundesohn, was ißt man in der Kaserne?«

Der Leiblakai verbeugte sich tief. »Meistens Kohlsuppe, Exzellenz, vor allem im Winter. Was aber die Gefangenen bekommen ... wer weiß das!«

»Keine gespickte Rentierkeule!« rief die Gräfin Wolkonsky.

»Bestimmt nicht, Hochwohlgeboren ...«

»Und warum erhalten wir etwas anderes als unsere Männer?« fragte Ninotschka. »Wir sind Deportierte wie sie. Wir haben keine anderen Vorrechte. Exzellenz, wir essen nur das, was jetzt unsere Männer essen.«

Abduschej sah Ninotschka lange und schweigend an. Diese Weiber! dachte er. Aber ich bin kein Petersburger Untertan, ich bin Semjon Iljajewitsch Abduschej, und jeder hier weiß, was dieser Name bedeutet.

»Das läßt sich machen«, erwiderte er dann. »Sokol, zehn

Kuriere zur Kaserne. Sie sollen für die Damen die Gefangenenverpflegung herholen.«

Der Lakai starrte seinen Herrn entgeistert an, drehte sich dann um und rannte hinaus. Die anderen Diener mit den vollbeladenen silbernen Tabletts folgten.

Abduschej ergriff Ninotschkas Hand und küßte sie. »Meine Damen«, sagte er, »der Transport des Essens wird eine Weile dauern. Womit beschäftigen wir uns inzwischen?«

»Erzählen Sie uns aus Ihrem Leben, Exzellenz«, schlug die Trubetzkoi vor.

»Wirklich?« Semjon Iljajewitsch lehnte sich in seinen chinesischen Stuhl zurück. »Wie Sie wünschen. Fangen wir an mit meinem vierzehnten Lebensjahr. Damals ritt ich über die Steppe von Bedpak-Dala. Ich kam zurück von unseren Herden, die am Fluß Sary-Su weideten. Alles war dort in Ordnung, die Kühe waren fett und zufrieden. Aber als ich in das Tal kam, wo der Aul meiner Familie lag, sah ich nur Rauch und Flammen. Ein Trupp Kosaken hatte mein Dorf überfallen und alle getötet. Friedliche Menschen, die gar nicht gewußt hatten, daß dort oben in Petersburg ein Zar lebte, der sich auch als Herr über Karaganda ausgab.

Alle waren sie erschlagen worden, Vater, Mutter, meine Brüder und Schwestern – ich stand allein auf der Welt. Aber ich hatte mein Pferd und mein scharfes, gebogenes Messer. Damit ritt ich los. Ich folgte den Spuren der Kosaken, es waren vierundzwanzig Männer. Nach ein paar Wochen hatte ich einundzwanzig von ihnen getötet. Die anderen ließ ich leben, damit sie davon erzählen konnten. Aber vorher stach ich ihnen noch die Augen aus . . .«

»Eine köstliche Tischerzählung«, meinte die Trubetzkoi spöttisch. »Haben Sie noch mehr solcher Geschichten parat, Exzellenz?«

»Nur solche, Fürstin. Sibiriens Geschichte und Wachstum sind mit Blut geschrieben worden, und daran wird sich nichts ändern, auch wenn die Generationen wechseln. Dieses Land ist wie ein Moloch, der nur Leben kann durch Menschenopfer. Auch Sie werden in seinen Rachen geworfen, meine Damen. Ihre Reise bis Irkutsk war nur ein kleiner Vorgeschmack. Was jetzt kommt, wird die Hölle.«

»Wohin bringt man unsere Männer?« fragte Ninotschka.

»Nach Jenjuka, Gnädigste.«

»Mein, Gott, wo ist denn das?«

»Das ist bis jetzt noch eine kleine Faktorei am Fluß Olekma. Eine armselige Sammelstelle der Pelzjäger und Mineralsammler. Ein Treffpunkt aller Abenteurer und Gauner von Sibirien zwischen Lena und Amur. Aber man glaubt, daß Jenjuka einmal ein wichtiger Umschlagplatz werden kann, eine Drehscheibe zwischen Nord und Süd. Aus dem Norden die Pelze, aus dem Süden die Seide ...

Man ist nicht dumm in Petersburg. Dazu braucht man aber Menschen. Menschen, die man zur Arbeit antreiben kann, die Straßen bauen, Sümpfe trocken legen, Urwälder roden ...«

Abduschej unterbrach sich und blickte zur Tür. Der Leiblakai erschien mit tiefen Verbeugungen, das Essen aus der Kaserne war gebracht worden.

»Meine Damen!« Semjon Iljajewitsch rieb sich die Hände. »Das Menü der Deportierten, original serviert in Eisenkesseln. Darf ich auftragen lassen?«

»Bitte«, sagte die Trubetzkoi steif. Ihr Gesicht war wie aus Stein.

»Sokol, zuerst die Suppe!«

»Suppe?« fragte Ninotschka. »Sie meinen wohl, heißes Wasser?«

»Suppe, meine Beste!« Abduschej hielt seinen Teller als erster hin. »Was ist es denn? Ah, eine köstliche Suppe aus sibirischen Nachtigallen.«

»Exzellenz«, stammelte die Trubetzkoi, »Ihr Spott geht zu weit.«

»Und was gibt es als Hauptgang, Sokol?« fragte der Gouverneur.

»Rentierkeule gespickt, Exzellenz.«

Abduschej lehnte sich zurück und lachte. »Und dann Piroggen mit zartem Kalbfleisch, kandierte Früchte und einen mit Honig gesüßten Tee. Warum sitzen sie herum wie Statuen, meine Damen? Das ist das Essen meiner Gefangenen. Ich betone ›meiner‹! Ich bin nicht der Zar. Ich habe Hochachtung vor Männern, die den Mut hatten, ein neues Zeitalter zu proklamieren. Hier in Sibirien ist es bereits angebrochen, nur die wenigsten haben das bis jetzt gemerkt.

Ein Russe braucht Zeit, um sich an die Freiheit zu gewöhnen.«

»Freiheit in der Verbannung?« rief Ninotschka. Sie war den Tränen nahe.

»Das ist unser Geheimnis, Madame.« Abduschej winkte, und die Lakaien begannen, die Suppe auf die Teller zu füllen. »Wir entwickeln uns aus den dunklen Ecken heraus. Das ist das Unheimliche, das ein Nichtrusse nie verstehen wird.«

Sie blieben acht Tage in Irkutsk. Acht Tage der Hoffnung, der Pläne, der Zuversicht. Fast begannen sie, Sibirien zu lieben.

Aber am neunten Tag wurde plötzlich Oberst Globonow abgelöst. Den Transport übernahm ein Hauptmann Grigorij Matwejewitsch Gyrewski. Und er begrüßte jeden Gefangenen, indem er ihm ins Gesicht spuckte und sagte:

»Das ist die letzte menschliche Wärme, die ihr zu fühlen bekommt!«

X

Ab Irkutsk änderte sich alles, und der Transport wurde zu einer unbeschreiblichen Qual. Es begann schon auf der ersten Poststation, auf dem Weg nach Tschita.

Hauptmann Gyrewski befahl den Deportierten, aus den Schlitten zu steigen und eine große Strecke zu Fuß zu gehen. Das war qualvoll. Die Straße war vereist, die Sträflinge glitten aus, die Ketten an den Füßen hinderten sie und wurden nach ein paar hundert Metern zentnerschwer. Keuchend stampften die Männer über die Straßen, während die Schlitten mit fröhlichem Glockengeläut hinter ihnen herfuhren.

»Die Pferde müssen geschont werden!« hatte Gyrewski gebrüllt. »Pferde sind in Sibirien wichtiger und wertvoller als Menschen! Wollen die feinen Herrchen wohl die Beine in die Hand nehmen, he! Immer nur in der Kutsche fahren, das ist vorbei! Ihr seid Verbrecher wie alle anderen. Keine gebratenen Hühnchen fliegen euch mehr ins Maul, hier muß die Hand voll Kascha verdient werden! Los, los, wer stehen- oder liegenbleibt, wird ausgepeitscht!«

»Wir müssen ihn eines Nachts erwürgen«, stöhnte Lobkonow, »sonst überleben wir den Transport nicht!« Es war während einer Rast. Seitlich der Straße lagen die Männer wie hingeworfen im Schnee und rangen nach Atem. Ihre Ketten waren von Eis überzogen und scheuerten in das blanke Fleisch. Murawjeff hatte die Schwänze seines Fracks geopfert, sie abgeschnitten und um die Ketten gewickelt. Wolkonsky erneuerte jeden Tag seine Strohwickel um die Füße, Trubetzkoi tat so, als seien die Ketten gar nicht vorhanden. Und Borja Tugai hatte sich einen Strick um den Hals gebunden und trug die Kette daran.

Auch die anderen Deportierten dachten sich immer neue Arten aus, wie man die Eisenlast am besten transportieren konnte. Aber was man auch tat, mit den Ketten stundenlang durch Eis und Schnee zu marschieren, war teuflisch.

Gyrewski trennte nun auch die Frauen von den Männern. Sie durften nicht mehr für sie kochen, mußten Abstand halten, mehrere hundert Meter von ihnen entfernt ihr Lager aufschlagen und wurden von einer Kosakenabteilung bewacht, als seien sie Schwerverbrecher.

Es nützte auch nichts, daß die Frauen einen Kutscher als Meldereiter zurück nach Irkutsk schickten, um sich beim Gouverneur zu beschweren. Der Reiter wurde von den Kosaken abgefangen und ohne viel Federlesens auf der Stelle erschlagen.

»Uns bleibt nur noch eine Möglichkeit«, sagte eine der Frauen, als sie wieder einmal in Sichtweite ihrer Männer das Lager aufschlugen, umringt von Kosaken, die man weder mit Rubeln noch mit Geschenken bestechen konnte. »Wir müssen Gyrewski auf irgendeine Weise gefügig machen. Er ist ein Mann, und darum sollte sich eine von uns für alle anderen opfern und seine Geliebte werden. Auch wenn ihr dabei speiübel wird ... es geht um unsere Männer! Schwestern, Sibirien verlangt Opfer, das wußten wir im voraus. Und dieses Opfer wird vielleicht noch das geringste sein.«

Aber keine der Frauen war freiwillig zu einer solchen Tat bereit. »Dann losen wir eben aus«, sagte Ninotschka heiser. »Wen es dann auch trifft ... es ist Schicksal ...«

Sie alle schrieben ihre Namen auf Zettel, rollten sie zusammen, und dann ging die Fürstin Trubetzkoi mit einem Kochtopf herum und sammelte die Zettel ein.

Die Gräfin Wolkonsky verband Ninotschka die Augen und führte sie an den Kochtopf. Langsam griff Ninotschka hinein, wühlte mit den Fingern in den Losen und zog schließlich eines heraus.

Atemlose Spannung herrschte, als die Fürstin Trubetzkoi den Zettel aufrollte.

»Wer ist es?« stöhnte die Gräfin Podneski. »Sagen Sie es doch schon . . . wer?«

»Jekaterina Iwanowna Gremina«, antwortete die Trubetzkoi mit gesenktem Kopf.

Alle Köpfe drehten sich zu der Frau um, auf die das Los gefallen war. Die Gremina war ein derber bäuerlicher Typ mit einer fülligen Figur. Ihr Mann war der Abgeordnete Gremin, den nur sein Rang als Oberst der Reserve davor gerettet hatte, wie die anderen Zivilisten unter den Dekabristen aufgehängt zu werden.

»Gott sei mit Ihnen«, sagte die Fürstin Trubetzkoi.

»Ich gehe!« Die Gremina band sich ihr Kopftuch fester. »Aber wer es später meinem Mann verrät, den bringe ich um.«

»Wir schwören, zu schweigen wie das Grab!« beteuerte Ninotschka. Dann traten alle Frauen einzeln auf die Gremina zu, küßten sie auf beide Wangen und segneten sie.

»Sie tun es für unsere Männer, Jekaterina Iwanowna«, sagte die Fürstin Wolkonsky und weinte. »Wenn dieser Satan Gyrewski nicht bezwungen wird, werden sie niemals Tschita erreichen.«

»Ich brauche ein Messer!« Die Gremina schlug den Kragen ihres Pelzmantels hoch. »Ein scharfes Messer. Vielleicht bringe ich Gyrewski um. Ein Toter kommandiert nicht mehr. Schwester, gebt mir ein besonders scharfes Messer . . .«

Miron Fedorowitsch hatte eines, beiderseitig geschliffen und so scharf, daß man dünnes Papier damit in der Luft zerschneiden konnte. Miron machte es vor. Er warf ein Blatt in die Luft und teilte es mittendurch.

Die Gremina nickte zufrieden. »Das ist das richtige, Miron.« Sie verbarg das Messer unter ihrem Mantel. »Sobald sich eine Gelegenheit bietet, stoße ich es ihm in den Rücken. Gott befohlen, Schwestern!«

Die Frauen brachten sie bis zum Ausgang des Schlittenkreises und starrten ihr nach, wie sie mit weit ausgreifenden Schritten hinüber zum Lager der Verbannten ging. Dort verhandelte sie mit den Kosaken, die sie zuerst zurückhalten wollten, sie aber dann doch passieren ließen.

Nach einer Stunde war die Gremina wieder da, bleich und niedergeschlagen. Da drüben im Lager alles ruhig blieb, lebte Gyrewski also noch.

»Ich war bei ihm im Zelt«, sagte die Gremina tonlos. »Ich habe alles versucht, aber er war betrunken und hat nur gelacht! Auf solche Tricks falle er nicht herein, hat er gesagt, und ich solle mich zum Teufel scheren. Er mache sich nichts aus Frauen.«

Sie wischte sich über die Augen, wandte sich dann ab und ging zu ihrem Schlitten.

Miron, der sein Messer von ihr abholen wollte, kam ziemlich verstört zu Ninotschka zurück. »Irgend etwas wird passieren, Hochwohlgeboren«, sagte er leise. »Jekaterina Iwanowna hat mein Messer im Lager gelassen. Sie hat es einem Mann zugeworfen, der zufällig an ihr vorbeiging, und sie schwört, daß niemand das beobachtet habe. Der Herr im Himmel füge es, daß es der richtige Mann war und daß er weiß, wozu man ein solches Messer gebrauchen kann.«

Zunächst aber geschah nichts.

Man zog noch sieben Tage durch die Einöde, über Waldwege und Steppengebiete. Menschen sah man kaum, nur ein paarmal in der Ferne einen kleinen Trupp Reiter, die aber wie Gespenster davonstoben, wenn die Kosaken heranpreschten. Kleine schlitzäugige Burschen auf fahlgelben, ponygroßen Pferdchen waren es, die so schnell verschwanden, wie sie aufgetaucht waren.

Am achten Tag rastete die Kolonne im Wald auf einer großen Lichtung, wo der Sturm die riesigen Bäume umgebrochen hatte wie dünne Hölzchen. Und hier geschah es.

Am Morgen lag Hauptmann Gyrewski mit durchschnittener Kehle in seinem Zelt. Es hatte kein Kampf stattgefunden. Gryewski sah aus, als habe er seinen Tod gar nicht gespürt. Er lag auf dem Rücken und hatte den Mund noch offen, so, wie es seine Art war, wenn er laut schnarchte.

Die Kosaken trieben die Gefangenen zusammen. Ein junger Leutnant hatte das vorläufige Kommando übernommen. Er ließ jeden Deportierten bis auf die Haut durchsuchen und fand allerlei, dessen Besitz verboten war – von Goldrubeln angefangen bis zu heimlich geführten Tagebüchern –, aber kein Messer.

Den Gedanken, daß vielleicht gar kein Deportierter Gyrewskis Mörder war, sondern ein Soldat, schob er sofort wieder beiseite.

Der Leutnant befahl, daß die Sträflinge weiterhin unter freiem Himmel kampieren sollten und jagte drei seiner besten Reiter zurück nach Irkutsk, um dem Gouverneur den unerhörten und rätselhaften Vorfall zu melden.

Gyrewskis Leiche vergrub man im Schnee und fror sie ein.

»Und wenn ihr hier Wurzeln schlagt«, schrie der Leutnant die Verbannten an, die stumm und schutzlos auf der Erde hockten, »wir warten hier, bis der Gouverneur uns neue Befehle schickt. Bedankt euch bei dem, der Gyrewski die Kehle durchgeschnitten hat!«

Aber niemand kannte den Mörder. Borja Tugai und Fürst Trubetzkoi befragten ihre Mitgefangenen – keiner wollte es gewesen sein. Und da auch die Gremina nicht wußte, wem sie das Messer zugeworfen hatte – ein kleiner, gebückt gehender Mann sei es gewesen, hatte sie gesagt, und davon gab es viele beim Transport –, blieb der Täter unentdeckt.

»Das ist ein gefährliches Spiel mit dem ganzen Einsatz«, sagte die Fürstin Trubetzkoi ernst. »Wer weiß, was jetzt aus Irkutsk auf uns zukommt.«

»Und wann!« Ninotschka starrte hinüber zu den Lagerfeuern der Männer. Zwischen ihnen und ihr lag die Abteilung der Kosaken wie eine lebende Mauer. »Wann, meine Liebe? Wie lange halten wir es hier aus? Zwei, drei, vier Wochen? Wir werden zu Eiszapfen frieren, wenn das Holz verbrannt ist. Und wo ist die nächste Poststation?«

»Man erringt keinen Fortschritt, ohne ein gewisses Risiko einzugehen«, antwortete die Trubetzkoi leise.

»Ist Gyrewskis Tod denn ein Fortschritt?« fragte Ninotschka. »Was wird nach ihm kommen? Und ist Mord immer die beste Lösung?«

»Durchaus nicht.« Die Trubetzkoi trank einen Schluck heißen Tee. »Aber wir sind in einem Land, wo nur das Überleben zählt. Moralische Bedenken können Selbstmord sein.«

Nach zehn Tagen kamen die Reiter aus Irkutsk zurück. Sie brachten einen vierten mit, eingemummt in einen dicken Pelz, der seine Gestalt wie die eines Bären wirken ließ.

Erst als er näher kam, erkannte ihn Ninotschka.

»Globonow!« schrie sie hell. Ihr Aufschrei alarmierte das Lager. Von allen Seiten rannten die Frauen herbei und starrten den Waldweg hinunter. »Es ist Globonow! Seht nur, das Holzbein! Man schickt uns Globonow zurück!«

»Gott hat unser Flehen erhört«, sagte die Fürstin Wolkonsky. »Wir sollten nachher einen Dankgottesdienst halten. Globonow ... das heißt, daß wir Sibirien überleben werden.«

Nikolai Borissowitsch stieg aus dem Sattel, als er das Frauenlager erreicht hatte. Sein Gesicht war rot von der Kälte, seine Glieder steif gefroren, trotz des Pelzmantels. Mühsam nur kam er herunter.

»Man hat keine Ruhe!« brüllte Globonow, kaum daß er stand. »Warum kann ein alter Mann, der nur noch ein Bein hat, nicht in den wohlverdienten Ruhestand treten? Aber nein, da schneiden blutrünstige Weiber jemandem die Kehle durch, und ich soll sie wieder zur Vernunft bringen! Meine Damen, ich bin enttäuscht! Ich hatte mich so auf einen schönen Lebensabend gefreut. Ich wollte meine Pfeife rauchen, im Baikalsee Fische fangen, an einem Buch schreiben ... und was muß ich nun tun? Sibirien erobern!«

»Lassen Sie sich küssen, Nikolai Borissowitsch«, sagte die Trubetzkoi und umarmte Globonow. »Sie kommen wie ein Engel direkt vom Himmel!«

In den nächsten Minuten hatte der Oberst keine Zeit, weiterhin sein Schicksal zu verfluchen. Er wurde von einem Arm in den anderen geschoben und abgeküßt. Endlich war auch das vorbei; Globonow atmete ein paarmal tief durch und stemmte die Hände in die Seiten.

»Wo ist das Messer, mit dem man Gyrewski getötet hat? Wem gehört es?«

»Mir, Herr Oberst«, sagte Miron dumpf. »Aber ich hatte es verloren . . .«

»Natürlich, verloren! Und wie kommst du Hund an ein Messer?«

»Ich bin ein freier Mensch, Herr Oberst, kein Leibeigener mehr und kein Verurteilter. Ich ziehe freiwillig nach Sibirien!« Miron holte die Urkunde des Grafen Koschkin aus dem Pelz, die bestätigte, daß er kein Leibeigener war, doch Globonow winkte ab.

»Der Fall ist noch lange nicht erledigt!« brüllte er. »Was für ein Mensch Gyrewski auch gewesen sein mag, er ist ermordet worden. An euren Fingern klebt Blut, ihr alle seid Mörder, denn ihr habt ihm den Tod gewünscht!«

»Von ganzem Herzen«, sagte Ninotschka laut. »Auch wenn es die verfluchteste Art ist, Probleme zu lösen.«

»Und wann schneidet man mir die Kehle durch?«

»Nie, Nikolai Borissowitsch, so lange Sie wie ein Vater zu uns sind.«

Globonow ließ den toten Gyrewski ausgraben und besichtigte ihn. Dann wurde er richtig beerdigt. Es war eine verdammt harte Arbeit, denn der metertief gefrorene Boden mußte stückweise aufgehackt werden.

Globonow bestimmte für diese Tätigkeit die vornehmsten seiner Sträflinge: Murawjeff, Wolkonsky, Trubetzkoi und Borja Tugai.

»Die Herren sind Mitwisser«, sagte er ruhig. »Es muß Ihnen doch jetzt eine Freude sein, Ihr Opfer nun auch unter die Erde zu bringen.«

Den Täter aber fand auch Globonow nicht. Und das Messer war verschwunden – bis Miron es eines Tages in seinem Schlitten entdeckte. Der Kutscher steckte es still ein und schwieg. Wer das Messer dorthin gelegt hatte, war sowieso nicht festzustellen bei dem Durcheinander, das durch den Aufbruch zur Weiterfahrt verursacht wurde.

An diesem Tag sah Ninotschka auch Borja wieder. Er stand in der langen Reihe der Verurteilten, die sich Tee holten, hielt seine Blechtasse hin und begann zu zittern, als er Ninotschka erkannte. Sie war eine der Frauen, die die Brotportionen ausgab.

»Wie geht es dir, Borjuschka?« fragte Ninotschka leise, als sie ihrem Mann den Kanten Brot in die Hand drückte. Für zwei Sekunden berührten sich ihre Finger, und es war, als ginge eine Sonne zwischen ihnen auf.

»Ich habe Sehnsucht nach dir, Ninotschka ...«

»Wir werden eine Gelegenheit finden, wieder zusammenzukommen.«

»Ich liebe dich ...«

»Irgendwann werden wir zusammen wohnen. Globonow sagt, daß es in Sibirien Kolonien gibt, wo die Verbannten mit ihren Frauen leben dürfen. Ganze Dörfer entstehen so ... Vielleicht ist Jenjuka auch so ein Dorf.«

»Weitergehen!« schrie der Kosak, der die Schlange der Wartenden abschritt. »Weitergehen! Keine Gespräche!«

Borja drückte das Brot an seine Brust. Gewaltsam riß er sich von Ninotschkas Anblick los und rannte davon.

Bevor sie Tschita erreichten, brach der Frühling herein.

Er kam ganz plötzlich. Von China her wehte ein warmer Wind, die Bäume schüttelten den Schnee ab wie Hunde ihre Wassertropfen. Es klang wie krachende Kanonenschüsse, wenn das Eis auf den Flüssen barst, sich in dicken Schollen übereinanderschob und gegen die Ufer stieß.

Die Straße wurde zu einem morastigen Sumpf, in dem die Schlitten steckenblieben. Jede zurückgelegte Werst war ein Kampf. Vorn zogen keuchend die Pferde, hinten drückten die Menschen die Schlitten weiter, und trotzdem kam man nur schrittweise vorwärts.

Globonow schickte Reiter voraus, um leichte Kaleschen zu besorgen. Er ließ den Kommandanten von Tschita — das noch vier Tagereisen entfernt lag — verständigen, daß die Dekabristenkolonne vor den Toren stehe, und Kutschen, frische Pferde und Sommerausrüstung brauche. Außerdem ließ er bestellen, daß man im Hospital vier Zimmer benötige. Vier der mitziehenden Frauen seien schwanger geworden und sähen ihrer Niederkunft entgegen. Man würde in Tschita einen Monat bleiben und dann nach Norden weiterziehen, nach Jenjuka ...

Die plötzlich einbrechende Hitze wurde unerträglich. Die Männer stampften mit offenen Hemden hinter den Schlitten her, und auch die Frauen hatten ihre Kleider aufgeknöpft und kümmerten sich wenig darum, daß man ihre Leibchen mit den Spitzenrändern sah. Aus den Sümpfen schwirrten Millionen von Mücken aus, überfielen die Kolonne in dichten, surrenden Wolken und waren blutgieriger als ein Rudel Wölfe. Gegen die Kälte hatte man Pelze, gegen die Wölfe Gewehre – nur gegen die Mücken war man machtlos.

Globonow war als einziger nicht zerstochen. »So ein Holzbein ist ein Geschenk«, sagte er fröhlich, als er eines Abends ins Frauenlager kam. »Es merkt keinen Stich. Und ich kann die kleinen Bestien überlisten. Ganz einfach ist das: Ich schmiere das Bein mit Honig ein, die Mücken setzen sich darauf, und ich – nicht faul – kann sie armeenweise totschlagen.« Er setzte sich in den Kreis der Frauen, rauchte seine Pfeife und starrte in das prasselnde Lagerfeuer. »In Tschita verlasse ich Sie wieder, meine Damen . . .«

»Das dürfen Sie nicht, Nikolai Borissowitsch!« rief Ninotschka.

»Ich habe nur den Auftrag, Sie in Tschita abzuliefern.«

»Dann holen Sie sich eine neue Order, uns bis Jenjuka zu begleiten!«

»Das wird nicht möglich sein. Ich habe in Irkutsk die Nachricht von meiner Pensionierung erhalten, einen Tag vor Ihrem verdammten Mord an Gyrewski!«

»Wollen Sie, daß wir einen zweiten begehen?« fragte die Trubetzkoi ruhig.

Globonow seufzte. »Das habe ich erwartet. Meine Damen, ich bin ein alter Krüppel. Einmal werde ich umfallen und meinen armseligen Geist aufgeben. Dann sind Sie auch allein.«

»Aber wir haben bis dahin Jenjuka erreicht. Darauf kommt es an, Nikolai Borissowitsch. Wir bauen uns in Jenjuka unsere eigene kleine Welt, in der wir bis zum Ende leben werden. Und Sie werden unser Ehrenbürger sein, Oberst.«

Globonow sah Ninotschka und die Trubetzkoi sinnend an. Er zog an seiner Pfeife und schüttelte dann den Kopf. »Ich werde Tschita nicht mehr verlassen. Denken Sie an meine Worte, meine Damen. Ich bin müde . . . irgend etwas in mir macht nicht mehr mit. Es ist wie ein Feind, den man nicht kennt und den man deshalb nicht bekämpfen kann. – So, und jetzt habe ich Durst auf einen Wodka, meine Damen. Ich weiß, Sie haben noch vier Fäßchen in Ihrem Vorrat. Heraus damit!«

Da lag Tschita, die Stadt, die von den Sträflingen lebte, jenseits des Flusses Schilka, ein armseliger Haufen von Holzhäusern bis auf das große Kommandanturgebäude, von dessen Dach die zaristische Fahne wehte. In der Ferne zeichneten sich verschwommen die Berge von Iks im Sonnenglast ab, zogen sich lange dunkle Streifen über den Horizont – die Wälder der Taiga, die hier der Steppendürre hatten weichen müssen.

Man hatte in dem Ort Nowo Dorrasum die Schlitten endlich gegen Kaleschen und die plumpen, aber sehr stabilen Tarantas eintauschen können. Das waren vierrädrige Karren mit starken Deichseln und Achsen, die die Menschen ordentlich durchrüttelten aber trotz der aufgerissenen Straßen nicht zerbrachen.

Nun war man einigermaßen gut ausgerüstet, konnte den Fluß an einer Furt überqueren und nach Tschita hineinfahren. Es waren jammervolle Gestalten, die da ankamen, mit zerrissenen Kleidern, vom monatelangen Marsch ausgelaugt und abgemagert bis auf die Knochen.

Die Frauen sahen nicht viel besser aus, und die Fürstin Trubetzkoi sagte am Ufer der Schilka, bevor sie übersetzten: »Schwestern, sollen wir so vor den Kommandanten treten? Wenn wir auch vieles verloren haben, wir sind immer noch Frauen.«

Und so kam es, daß die Frauen, während die Männer nach Tschita hineinfuhren, am Fluß lagerten. Sie bürsteten ihre Kleider aus, ließen sich von den wenigen Dienerinnen, die mitgezogen waren, das Haar frisieren und setzten sich zum Schluß die großen Sommerhüte auf. Als dann die Tarantas-Kolonne endlich durch die Furt ratterte, saßen die Damen auf den Sitzen, als führen sie in St. Petersburg spazieren, elegant und sommerlich gekleidet.

Die Burjäten und Soldaten rissen die Augen auf und stießen sich an, um zu merken, daß sie nicht träumten. Und während die Sträflinge in ein Lager aus Holzhütten geführt wurden, hielt die Wagenkolonne der Frauen vor der Kommandantur. Oberst Globonow hatte den Befehlshaber der südsibirischen Truppen bereits darauf vorbereitet, was ihn erwartete. Aber als General Artem Kusmajewitsch Schejin jetzt ins Freie trat, stockte ihm doch der Atem.

»Das hat Sibirien noch nicht gesehen«, sagte der General leise zu Globonow. »Und sie wollen wirklich hinauf nach Jenjuka?«

»Es ist ihr einziges Ziel.«

»Sie werden dort eingehen wie Blumen ohne Wasser.«

»Diese Frauen nicht! Sie haben den Marsch bis Tschita überlebt, sie schaffen auch noch das letzte Stückchen nach Norden.« Globonow suchte nach seiner Pfeife. »Mein lieber Artem Kusmajewitsch, es heißt, Liebe versetze Berge. Hier hat sie Berge versetzt.«

Obwohl der Kommandant Mühe hatte, die Damen anständig unterzubringen, denn Tschita war ein armseliges Nest, gab General Schejin am Abend ein kleines Fest.

Man aß schwarzgeräuchertes Fleisch, Piroggen und Gurkengemüse, mit Honig gefülltes Maisgebäck und kandierte Früchte. Und Globonows Befürchtung, es könne sich wiederholen, was in Irkutsk passiert war, bewahrheitete sich nicht. Die Damen schienen heute friedlich zu sein, sie aßen mit Freude und fragten nicht, ob ihre Männer auch gebratenen Stör erhielten und geschlagene Sahne zu den Walderdbeeren.

In der Nacht allerdings schlichen zwei Frauen durch Tschita, um sich nach den Männern zu erkundigen. Sie taten es auf altbewährte russische Weise: Sie ließen ein paar Goldrubel in die Hände einiger Burjäten fallen und gewannen damit Freunde, die ihnen bereitwillig Auskunft gaben.

Als die Frauen zurückkamen, wußten sie, daß die Männer in drei Hütten innerhalb des Militärlagers untergebracht worden waren. In vier Wochen würden sie weiterziehen. Und man hatte ihnen die Ketten abgenommen.

»Welch eine Gnade!« rief Maria Wolkonsky.

»Und welch ein Beweis, daß wir am Ende der Welt sind!« Ninotschka starrte hinaus in die Nacht. In der Ferne heulten Steppenhunde, ein heißer Wind wirbelte Staub durch die Straßen. »Hier braucht man keine Fesseln mehr. Von hier kehrt keiner nach Europa zurück.«

Die Frauen erfuhren noch mehr. Jenjuka, das Ziel aller Mühe, bestand aus zwei Teilen, dem Straflager und dem Dorf. Während die Gefangenen hinter hohen Holzpalisaden lebten, konnten sich die Dorfbewohner frei bewegen. Aber es war möglich, die Sträflinge jeden Tag zu sehen. Jenjuka, das war die Endstation eines Lebens. Da war man etwas großzügiger.

Die Frauen begannen einzukaufen. Jetzt zeigte es sich, wie wertvoll das viele Geld war, das Graf Koschkin seiner Tochter als Hochzeitsgeschenk mitgegeben hatte. Es gab nichts, was man in Tschita nicht bekam, wenn man gut dafür bezahlte.

General Schejin konnte die Kaufwut der Frauen nicht unterbinden, aber er fragte sich sorgenvoll, wie man alles, was da zusammengetragen wurde, nach Jenjuka transportieren sollte. Globonow hatte da weniger Bedenken.

»Sie schaffen das schon, Artem Kusmajewitsch. Und wenn sie sich dreihundert Burjäten als Träger engagieren ... diese Frauen hält niemand mehr auf.«

Ende Mai 1827 traf ein staubbedeckter Kurier aus Irkutsk ein. Er fiel fast vom Pferd vor Erschöpfung und stolperte in die Kommandantur.

»Ein Kurier des Zaren«, sagte General Schejin später zu Globonow. »Nikolai Borissowitsch, lassen Sie die Damen heute abend zu einem Tee zu mir bitten.«

»Schlechte Nachrichten?« fragte Globonow. »Was will der Zar?«

»Ich habe Befehl, es nur den Damen vorzulesen. Natürlich können Sie am Abend dabei sein, Globonow. Vielleicht betrifft es auch Sie.«

Am Abend saßen die Frauen, festlich herausgeputzt wie zu einer Soiree in St. Petersburg, im großen Speisesaal des Generals und warteten. Ordonnanzen servierten den Tee und Gebäck, in der Ecke spielte leise ein Balalaikaorchester, bestehend aus vier Soldaten.

Endlich erschien Schejin, begleitet von drei Offizieren. Am Kopfende der langen Tafel blieb er stehen und überblickte die lange Reihe der Frauen in ihren Festkleidern.

»Meine Damen«, sagte er mit belegter Stimme. »Der Zar ist überall, auch jetzt ist er unter uns. Ich habe die Pflicht, Ihnen etwas mitzuteilen. Im Namen des Zaren darf ich verlesen, was ein Kurier heute gebracht hat. Und bitte, meine Damen, bewahren Sie die bewundernswerte Haltung, die Sie bisher gezeigt haben.«

Atemlose Stille herrschte in dem großen Raum, als Schejin zu lesen begann.

General Schejin schien es schwerzufallen, die Worte vorzulesen, die mit großen Buchstaben auf das Pergamentpapier gemalt waren. Die Fürstin Trubetzkoi, die ihm am nächsten saß, erkannte unter dem Schriftstück das blutrote, große Siegel des Zaren.

»Es ist keine Lüge«, flüsterte sie der neben ihr sitzenden Ninotschka zu. »Es ist wirklich eine Botschaft aus Petersburg.«

Petersburg ... wie weit lag das jetzt! Am anderen Ende der Welt, nur noch eine Erinnerung an glückliche Jugendtage. Die breiten Straßen, die herrlichen Plätze und Parks, die Newa mit ihren Kanälen, die Inseln vor der Bucht, die Paläste und Gärten, die Wasserspiele und Brücken – ein Venedig des Nordens.

Vorbei, endgültig vorbei. Von Tschita, von Südsibirien, von der Grenze nach China gab es kein Zurück mehr. Petersburg – das war nur noch ein Wort, verklingend wie das Seufzen einer Verliebten.

General Schejin begann zu lesen. Er hatte Mühe, daß seine Stimme so fest klang, wie man es von einem Soldaten erwartete.

»Seine Majestät, der Zar, hat beschlossen und verkündet, daß ab sofort die Rechte und Pflichten aller Frauen, die ihre Männer nach Sibirien in die Verbannung begleiten, durch ein Gesetz festgelegt werden.

Alle Frauen, die ihren Männern nach Sibirien folgen, haben deren Schicksal zu teilen. Sie verlieren ab sofort ihren bisherigen Stand, ihre Titel und Güter. Sie werden den Verbannten gleichgestellt und sind Sträflinge wie sie. Ihre Kinder, die in Sibirien geboren werden, sind Leibeigene der Krone.«

»Gott strafe den Zaren!« sagte die Fürstin Trubetzkoi laut. »Aber ich liebe meinen Mann, das ist wichtiger als jeder Ukas aus Petersburg.«

General Schejin räusperte sich. »Weiter befiehlt der Zar: Die Frauen haben sich beim Gouverneur des jeweiligen Departements zu melden. Ihre Männer dürfen sie in den Strafkolonien wöchentlich zweimal sehen und sprechen . . .«

»Das reicht, um ein neues sibirisches Volk zu zeugen!« rief die Murawjeff laut. Die anderen Frauen klatschten Beifall. Oberst Globonow stopfte seine Pfeife und paffte dicke Rauchwolken in die Richtung von General Schejin. Es war ein abscheulicher Tabak. Schejin begann zu husten und blickte Globonow strafend an.

»Lassen Sie das!« sagte er scharf. »Ich habe diesen Ukas nicht aufgesetzt.«

»Aber Sie lesen ihn in strammer Haltung vor, General. Sie sollten auf jedes Wort spucken!«

»Weiter!« Schejin hustete noch ein paarmal und hob das Pergament näher an seine Augen.

»Der Zar befiehlt: Die Frauen sind schutzlos gegen alles, was ihnen in Sibirien widerfährt. Keine Behörde wird ihnen Beistand gewähren. Sollten sie überfallen werden, haben sie sich selbst zu verteidigen. Sie müssen wissen, daß sie durch ihren Willen, bei verurteilten Staatsverbrechern zu bleiben, ab sofort selbst zur niedrigsten Klasse aller Russen gehören, daß sie als Frauen dieser Verbrecher den Verbrechern gleichgestellt sind und alle Demütigungen zu ertragen haben. Diese Frauen dürfen die ihnen vom Gouverneur zugewiesenen Wohnsitze nie mehr in ihrem Leben verlassen. Alle Briefe, die sie schreiben, haben sie unverschlossen dem Kommandanten des Straflagers zu übergeben. Der Gouverneur entscheidet, ob diese Briefe weiterbefördert werden.

Gegeben in St. Petersburg, im Mai 1827. Seine heilige Majestät der Zar . . .«

»Heilige Majestät?« sagte Globonow laut. »Dieses Wort ist eine Beleidigung Gottes!«

»Ihre Meinung, Nikolai Borissowitsch, interessiert hier nicht!« rief Schejin. »Es geht um die Damen.« Er überblickte den langen Tisch mit den festlich gekleideten Frauen. Er starrte in bleiche, aber entschlossene, hartgewordene Gesichter. Eigentlich brauchte man sie gar nicht mehr um ihre Meinung zu fragen, aber laut Befehl mußte Schejin das tun.

»Ich frage Sie nun«, sagte der General heiser, »wollen

Sie dieses Gesetz auf sich nehmen? Wer sich ihm unterwirft, bitte ich, sich zu erheben.«

Die Frauen schwiegen. Aber plötzlich wurden die Stühle zurückgeschoben. Wie auf ein unhörbares Kommando standen die Frauen auf, kerzengerade, stolz, hocherhobenen Hauptes – alle, ohne Ausnahme. Sie brauchten keine Minute Bedenkzeit.

»Bravo!« rief Globonow. »Bravo. Wirkliche Liebe besiegt auch Sibirien. Schejin, zerreißen Sie den Wisch aus Petersburg. Diese Frauen hier machen Geschichte, nicht der Zar!«

Schejin faltete das Pergament bedächtig zusammen. Die anderen Offiziere in seiner Begleitung blickten die Frauen an und kämpften sichtbar mit den Tränen.

Leibeigene der Krone – eine Trubetzkoi, eine Koschkina, eine Wolkonsky, eine Murawjeff ... Namen, mit denen die Erinnerung an Paläste und unermeßlichen Reichtum verbunden waren.

»Meine Damen«, sagte Schejin, krampfhaft um Haltung bemüht. »Gehen Sie jetzt zurück in Ihre Quartiere. Sie werden eine offizielle Verzichtserklärung noch unterschreiben müssen.«

»Und wann dürfen wir unsere Männer sprechen?« unterbrach ihn Ninotschkas helle Stimme.

»Morgen früh, Madame.«

»Wie lange?«

»Einen ganzen Tag lang. Wenn Sie unterschrieben haben, sind Sie nicht mehr als Ihre Männer.«

»Wir sind stolz darauf«, sagte die Trubetzkoi. General Schejin wollte noch etwas erwidern, hob dann aber nur resigniert die Hände und ging hinaus. Seine Offiziere folgten ihm. Nur Globonow blieb im Saal bei den Frauen.

»Was nun?« fragte die Wolkonsky. Die Frauen umringen Globonow, der seine ausgerauchte Pfeife an seinem Holzbein ausklopfte. »Was sollen wir tun?«

»Wir werden nach Jenjuka ziehen und dort ein neues Dorf bauen«, sagte Globonow. »Ein Dorf der Frauen. Wenn Sie mich als einzigen Mann darin dulden wollen, meine Damen ...«

»Lassen Sie sich küssen, Nikolai Borissowitsch!« Die Trubetzkoi umarmte den alten Oberst und drückte ihn an sich. »Auch der einsamste Teil der Welt ist nicht einsam, wenn es Menschen wie Sie gibt!«

XI

Der nächste Tag war ein Tag des Glücks. Von neun Uhr früh bis acht Uhr abends waren die Frauen mit ihren Männern zusammen. Zum erstenmal seit anderthalb Jahren gingen keine Wachen zwischen ihnen auf und ab, trieb man sie nicht auseinander wie zwei fremde Herden, die sich nicht vermischen sollten. Zum erstenmal nach achtzehn Monaten lag man zusammen in der heißen sibirischen Sommersonne, konnte sich streicheln, sich küssen und alles das sagen, was sich im Herzen angesammelt hatte.

Schejin und Globonow, die gegen Mittag einen Ausritt unternahmen, sahen die Paare im Wald unter den schattenspendenden Bäumen liegen. Es war wie ein Rausch über sie alle gekommen, trotz des körperlichen Verfalls, der schrecklichen Wunden, die die Ketten gescheuert hatten und der Verzweiflung, die immer noch an ihnen fraß um die verlorengegangene Heimat.

»Diese Frauen . . .«, sagte Globonow. »Sehen Sie sie an! Vor zwei Jahren waren sie noch verwöhnte Luxusgeschöpfe. Ab morgen werden sie Bäume fällen. Mein Gott, was Liebe alles vermag!«

Am Abend dieses glücklichen Tages kehrten Borja und Ninotschka zum Lager zurück. Die Tore standen offen, ein paar Soldaten in ihren staubigen, schmutzigen Uniformen grinsten wissend. Diese Deportierten, der Teufel hole sie! Sie leben besser als wir. Sie haben ihre Weibchen bei sich. Und wir? Für uns bleiben nur ab und zu diese nach ranzigem Öl riechenden Burjätenfrauen mit ihren breiten Gesichtern und schiefen Augen . . .

»Ich werde uns ein Haus bauen, gleich neben dem Lager«, sagte Ninotschka und hielt die Hand ihres Mannes fest. »Wir haben alles schon besprochen . . . jede hilft jeder. Wir teilen uns in vier Gruppen auf und bauen immer vier Häuser gemeinsam.«

»An den Sonntagen können wir herüberkommen und helfen«, antwortete Tugai. Er war durch den langen Marsch entsetzlich abgemagert, aber seine Augen hatten noch den jugendlichen Glanz wie damals, als er vor seiner Schwadron ritt.

In Tschita hatten sie neue Sachen bekommen — nicht mehr die schrecklichen gestreiften Sträflingskleider, sondern vernünftige Anzüge, allerdings an vielen Stellen geflickt. Sie hatten feste Schuhe, aus Stroh geflochtene breitrandige Hüte wie die Burjäten, und im Lager hatte man ihnen gesagt, daß es im Winter Stiefel aus Filz und gesteppte Jacken und gefütterte Hosen gäbe.

»Natürlich tut man das nicht aus Menschenfreundlichkeit«, sagte Borja zu Ninotschka. »Man braucht unsere Arbeitskraft, und wer friert, ist ein schlechter Arbeiter. Auch das Essen soll besser werden. In Jenjuka sollen wir uns sogar selbst versorgen. Die Taiga wimmelt von Tieren, es wird Fleisch genug geben. Und das Gemüse bauen wir selbst an. Ninotschka, wir werden leben!« Er küßte sie, und sie hing an seinem Hals und umklammerte ihn. Borja schaute in ihr schönes Gesicht. Sein Lächeln wurde traurig.

»Und wir haben einmal davon geträumt, daß unsere Kinder in einem Haus am Meer aufwachsen, oben auf den Dünen mit einem weiten Blick auf die Unendlichkeit des Wassers . . .«

»Jetzt werden sie in einem unendlichen Wald aufwachsen, und die Blockhütte wird ihnen lieber sein als der herrlichste Palast.«

»Sie werden Leibeigene sein, Ninotschka! Unsere Kinder sind Leibeigene der Krone, Sklaven des Zaren . . .«

»Sie werden sich immer frei fühlen, Liebster. Wir werden sie so erziehen, daß sie die Freiheit über alles lieben.« Ninotschka wandte sich um und blickte in die Weite des Landes. »Ihre Heimat, Borjuschka . . . da liegt sie. Das ganze Land wird ihnen gehören! Wer hat schon so viel Reichtum? Borja, man hat uns nicht bestraft, man hat uns beschenkt!«

»Wenn du mit diesem Leben zufrieden bist, Ninotschka«, sagte Borja Tugai, und die Kehle war ihm wie zugeschnürt.

»Ich bin es, Liebster, denn es ist dein Leben! Was wollen wir mehr?«

Am Abend waren sie alle wieder in ihren Quartieren, die Männer im Lager, die Frauen in den Häusern, die man ihnen zugewiesen hatte.

Murawjeff war zufrieden. Seine Frau hatte ihm ein Kartenspiel gegeben. Er ging herum und suchte Partner für ein Spielchen um zehn Kopeken. Fürst Trubetzkoi hatte endlich sein Schachbrett bekommen, das seine Frau über Tausende von Werst mitgeschleppt hatte. Wolkonsky wuchtete eine Bücherkiste auf dem Rücken ins Lager – ein Teil seiner geliebten Sammlung französischer Romane.

»Welch ein Leben!« rief er. »Meine Frau, meine Bücher ... und keine Sorgen mehr um meine verdammten Besitzungen!«

Die anderen lachten, aber es klang gepreßt. Keine Sorgen mehr? Noch war man nicht in Jenjuka. Noch kannte man nur einen kleinen Teil Sibiriens. Man war von Westen nach Osten durch das Land gezogen, aber das war im Grunde nur ein schmaler Streifen dieses riesigen Gebiets gewesen, eine Straße, eine dünne Ader der Zivilisation. Jenjuka aber war mitten im Leib dieses Molochs Sibirien. Würde dieser Leib die Menschen einfach aufsaugen?

Man würde es wissen. In vier Wochen oder in vier Monaten – oder in vier Jahren. Am besten, man warf den Kalender weg. Was waren hier noch Tage oder Wochen? Die Sonne ging auf, die Sonne versank, das war der einzige Rhythmus. Und der möge Gott loben, der immer wieder diese Sonne sieht.

Nach vier Wochen wurde der Transport nach Jenjuka zusammengestellt. Es waren glühendheiße Tage, von China her wehte ein mit feinem Sand durchsetzter Wind. Das Gras verdorrte, irgendwo schienen große Teile der Taiga zu brennen, denn ein brandiger Geruch lag über dem Land.

General Schejin hatte nun alle Unterschriften der Frauen zusammen und sie schon mit einem Kurier nach Irkutsk geschickt. Von dort sollten sie von anderen Kurieren nach St. Petersburg gebracht werden. Der General hatte auch bestimmt, daß die Frauen in hochrädrigen Karren den Zug der Männer begleiten dürften. Denn – so sagte er – sie seien ja nun auch Ehrlose und Sträflinge. Oberst Globonow hängte seine Uniform an einen Haken, salutierte vor ihr, kleidete sich dann in einen Zivilanzug und zog einen hohen Juchtenstiefel an, den er von einem Burjäten gekauft hatte. So verabschiedete er sich von General Schejin.

»Haben Sie schon einmal einen Stiefel gekauft?« fragte Globonow. »Nicht ein Paar, nein, nur einen. Denn was soll mein Holzbein in einem Stiefel? Aber dieses Lamento! ›Hochwohlgeboren, wer kauft mir einen übriggebliebenen Stiefel ab?‹ Ich sagte: ›Such dir einen, dem ein Bein fehlt!‹ Und der Schuster schreit: ›Aber ob ihm gerade das linke fehlt? Ich bin ruiniert! Sie müssen beide Stiefel bezahlen, auch wenn Sie nur einen nehmen!‹ Was blieb mir anderes übrig, als dem Kerl einen Stiefel um die Ohren zu schlagen, zwei Rubel hinzulegen und zu gehen!«

»Dann hat man Sie betrogen«, sagte Schejin gemütlich. »Stiefel kosten nur einen Rubel. Der Schuster wird Sie für einen Idioten halten. Und das sind Sie auch! Sie wollen also mit nach Jenjuka?

»Ja. Die paar Jahre, die ich noch zu leben habe, kann ich auch im Wald verbringen. Was habe ich für Ansprüche? Keine! Ich habe dem Dienst am Zaren die Mehrzahl meiner Jahre geopfert . . . und mein Bein. Jetzt will ich Ruhe. Ich werde in der Sonne sitzen oder im Winter auf dem Ofen, meine Pfeife rauchen und auf den Tod warten. Sagen Sie ehrlich, Schejin, ist das nicht ein schöner Ausklang?«

»Ein wenig trostlos, Nikolai Borissowitsch.«

»Aber ruhig.« Globonow lachte. »Es gibt ja so wenige Orte in Rußland, wo man in Ruhe leben kann.«

Der Transport nach Jenjuka stand unter dem Kommando des jungen Leutnants Polkajew. Schejin hatte extra ihn ausgewählt, weil er wußte, daß der Junge dieser Aufgabe nicht gewachsen war. Und Globonow wußte das auch.

»Polkajew, Sie grüner Junge«, sagte der alte Oberst zu ihm, und der Leutnant war weit davon entfernt, sich in seiner Offiziersehre beleidigt zu fühlen. Für ihn war Oberst Globonow ein Kriegsheld, und Helden dürfen so reden. »Sie haben das Kommando«, fuhr der Oberst fort, »aber bestimmen tue ich. Verstehen wir uns?«

»Sehr gut, Nikolai Borissowitsch.« Polkajew stand sogar stramm. »So war es ja auch gemeint.«

»Sie sind ein kluger Kopf! Sie werden Karriere machen.« Globonow ließ sich in den Sattel helfen; die Karren und Tarantas der Frauen, hoch beladen mit dem neugekauften Hausrat, standen bereit. Aus dem Lager der Sträflinge ratterten die breiten Karren der Deportierten. Noch waren sie nur beladen mit Material und Werkzeugen, Verpflegung und Ausrüstungen, und die Sträflinge marschierten in geschlossener Kolonne hinterher. Aber das würde sich bald ändern. Die Wege nach Norden waren miserabel. Später würden es nur noch Pfade sein, und schließlich würde es quer durch das Land gehen, und man würde sich Meter um Meter weiter quälen müssen. Die Wagen würden über steinige Pfade gedrückt werden müssen, durch Schluchten und Berghänge. Sibirien würde sich so zeigen, wie es wirklich war: schön aber feindlich.

»Kolonne marsch!« schrie Globonow und hob die Hand. Die kleinen, gelben, struppigen Pferdchen legten sich ins Geschirr. Die Kutscher brüllten, ließen die Peitschen knallen und sangen anfeuernde Lieder. Die Frauen in den Wagen blickten zurück nach Tschita, das hinter einer hohen Staubwolke verschwand. General Schejin stand allein zu Pferde am Ausgang der Straße. Er legte grüßend die Hand an die Mütze und wirkte wie ein Denkmal – die letzte Bastion der Zivilisaton.

Ninotschka, die nicht in ihrem Wagen saß – den der treue Miron lenkte –, sondern die wie ein Mann in Hosen und Stiefeln auf einem Pferd ritt, galoppierte zur Spitze neben Globonow.

»Na, Bürschchen«, sagte der Oberst fröhlich zu Ninotschka, und sie sah in ihren Kleidern wirklich wie ein Junge aus. »Wann ist es denn soweit? Wann kommen wir nieder?«

»Wenn Gott will, in neun Monaten, Väterchen«, antwortete Ninotschka. »Ich bete darum. Ein Kind wird Borja doppelte Kraft geben.«

»Wissen Sie, daß in Jenjuka noch kein Arzt ist? Vielleicht kommt auch nie einer hin.«

»Was soll's, Nikolai Borissowitsch! Wenn die Burjätenfrauen ihre Kinder ohne Arzt bekommen, warum nicht auch ich?«

Sie zogen neunzig Tage nach Norden. Neunzig Tage Kampf gegen den Wald, die Hitze und in den letzten zwei Wochen gegen den unaufhörlichen Regen, der den Boden zu einem Sumpf machte.

Neunmal mußten sie anhalten und ein Grab schaufeln, für ein paar ältere Männer und zwei Frauen. Die Frauen waren nicht krank gewesen, aber als ihre Männer tot zusammenbrachen, gingen sie in den Wald und hängten sich auf. Ihr Leben waren ihre Männer gewesen, nun waren sie tot, was sollten sie, die Frauen, da noch in Sibirien?

So begrub man sie zusammen in Doppelgräbern, betete, der mitreisende Pope, Vater Eustach, hielt eine Totenmesse, dann ging es weiter. Jeder Aufenthalt verschlechterte nur die Lage, machte müde, brachte den Winter näher. Bei Einbruch der Kälte aber wollte man in Jenjuka sein.

»Weiter!« schrie Globonow, der jetzt offen das Kommando übernommen hatte. »Weiter! Es sind nur noch zweihundert Werst bis Jenjuka!«

Zweihundert Werst ... Und es regnete, regnete, regnete. Die Taiga ertrank.

Längst marschierten die Frauen zusammen mit den Männern, drückten mit die Wagen vorwärts, kochten, verbanden die Wunden und waren für die Verbannten wie die Engel, deren bloßer Anblick neue Kraft verlieh.

Noch hundert Werst! Der Wind wurde kälter, er pfiff um die Bäume. Der Winter kommt! Schneller, schneller!

Am 4. November 1827 erreichten sie die Faktorei Jenjuka. Und an diesem Abend schneite es zum erstenmal. Sie hatten den Wettlauf gegen den Winter gewonnen.

Jenjuka erwies sich auf den ersten Blick als ein trostloser Fleck Erde, ein Stück, das Gott bei der Schöpfung übersehen hatte. Aber bei genauerem Hinsehen erkannte man, daß aus diesem Stück etwas zu machen war. Da floß träge und breit die Olekma, ein Fluß, der von Fischen fast überquoll, mit einem reinen, glasklaren Wasser, das man trinken konnte, ohne das gefürchtete Fieber zu bekommen. Und Wälder waren da, voll von Tieren, Biber gab es am Wasser, Rentierherden zogen durch die grüne Weite, Füchse, Marder, Hermeline und Nerze bevölkerten den Wald, und wenn man an den Stromschnellen stand, konnte man die Lachse springen sehen, lang und dick, die einem wie im Schlaraffenland fast in den Mund hüpften.

»Welch ein Land!« sagte Globonow überwältigt. »Und vor so etwas hat man in Europa Angst!« Er sah Ninotschka und die anderen Frauen an, die mit ihm am Ufer der Olekma den springenden Lachsen zuschauten. »Wer hat noch Sehnsucht nach dem Steinhaufen Petersburg? Wer trauert um seine seidenen Gewänder? Wer weint den Gobelinsesseln nach? Ich nicht!«

Die Fürstin Trubetzkoi lächelte. »Ich habe in Irkutsk zwei Gobelinsessel bestellt. Sie sind auf dem Weg nach Tschita. Dort lasse ich sie abholen. Einen bekommt mein Mann, den anderen Sie, Nikolai Borissowitsch.«

Die ersten Wochen waren ausgefüllt mit Vorbereitungen. Die Männer — zusammengefaßt in einem Lager aus sieben Hütten, um die man einen hohen Holzzaun gezogen hatte — begannen, Bäume zu fällen. Noch war der Schnee weich, der Wind zwar kalt, aber nicht eisig. Es fror noch nicht. Aber wenn erst die richtige Kälte aus dem Norden hereinbrach, würde das Fällen Schwerstarbeit werden.

Wer sonst in Jenjuka wohnte, verhielt sich zunächst abwartend: Ein Burjätenstamm in seinen winterfesten Auls, zweiunddreißig begnadigte, aber in Sibirien angesiedelte Sträflinge, und einige Jäger, die ihre Beute in der staatlichen Faktorei ablieferten, wo ein dicker Mann herrschte, der Aufkäufer Porfiri Jewdokimowitsch Birjukow. Er war der eigentliche Herr von Jenjuka. Er bestimmte die Preise, er vertrat den Zaren und verteilte den Schnaps. Allein das machte ihn zum unumschränkten Herrscher.

Globonow stattete ihm sofort einen Besuch ab, betrachtete ihn mit schräggeneigtem Kopf und sagte ruhig: »Hör zu, du Halunke! Es gibt zwei Möglichkeiten ... entweder du tust, was ich sage, oder ich tue, was ich will. Wofür entscheidest du dich?«

Porfiri Jewdokimowitsch überlegte kurz, betrachtete das

geschnitzte Holzbein und antwortete: »Ist das nicht dasselbe, Väterchen?«

»Durchaus nicht. Tust du, was ich will, hast du Ruhe. Tue ich, was ich will, wirst du um jede ruhige Minute beten müssen.«

»Es ist besser, sich zu vertragen«, meinte Birjukow.

Sie tranken vier Gläser Wodka zusammen, fanden sich gegenseitig äußerst unsympathisch, waren aber bereit, miteinander auszukommen.

Die Frauen wurden zunächst auf die vorhandenen Holzhäuser verteilt. Dort wohnten die Freigelassenen, und das war ein Problem für sich. Diese Begnadigten, die Sibirien nie mehr verlassen durften, waren größtenteils Kriminelle, Straßenräuber, Diebe und Mörder. Jetzt mußte man unter einem Dach mit ihnen leben, bis die eigenen Häuser fertig waren, und das brachte Schwierigkeiten.

Globonow regelte das auf seine Art. Er ließ alle Einwohner von Jenjuka auf dem Platz vor der Faktorei zusammenrufen. Neben der großen Magazinhütte Birjukows hatte er einen dicken Pfahl in die Erde rammen lassen und zeigte mit einer kurzen Peitsche darauf.

»Wer eine der Frauen anrührt, wer irgend etwas stiehlt, wer sich nicht so benimmt wie ein anständiger Christenmensch, den binde ich an diesen Pfahl und peitsche ihn zu Tode. Ist das klar?«

Über achtzig verschlagene Augen musterten Globonow. Er meint es ernst, lag in den Blicken. Er ist genau der Mann, der nicht lange redet, sondern handelt. Freunde, wir werden ihn über kurz oder lang töten müssen, um unsere Ruhe zu haben. Laßt ihn jetzt reden . . .

Nach sieben Wochen standen die ersten beiden Häuser. Es waren die der Trubetzkoi und der Wolkonsky. Aber dann wuchsen immer mehr Hütten aus dem Boden, und weitere Frauen, unter ihnen Ninotschka, konnten in ihr neues Zuhause einziehen. Vorher aber gab es noch einen kleinen Zwischenfall. Beim Umzug stellte Miron fest, daß aus Ninotschkas Gepäck zwei kupferne Kessel fehlten.

»Aber Freunde«, sagte Miron zu den Männern, bei denen sie bisher gewohnt hatten. Es waren zwei, die einmal zahllose Postkutschen überfallen und inzwischen Burjätenfrauen geheiratet hatten. »Wollt ihr wegen der Kesselchen eure Ohren verlieren? Ich schneide sie euch nämlich ab, wenn die Kessel nicht in einer Stunde zur Stelle sind.«

Sie waren es nicht, und die Männer hatten sich im Wald versteckt.

Bei Gott, sie kannten Miron Fedorowitsch nicht! Der Riese suchte sie mit dem Spürsinn eines Jagdhundes, fand sie in einer Schlucht, und als sie auf ihn schossen, ließ er sich fallen und holte die unter seinem Mantel versteckten Reiterpistolen hervor. Damit hatten die Diebe nicht gerechnet, und so kam es, daß Jenjuka zwei Tote hatte.

Das sprach sich natürlich herum. Die Blatjenny, wie die Freigelassenen sich nannten, kamen heimlich zusammen, beschlossen, mit den Neuen Frieden zu halten, und halfen beim Bau der nächsten vier Häuser sogar mit.

Am 19. Februar 1828 war Ninotschkas Hütte fertig. Borja selbst nagelte das letzte Dachbrett fest, und rutschte dann über das vereiste Holz hinunter in die ausgebreiteten Arme seiner Frau.

»Unser Haus«, sagte er mit schwankender Stimme. Sie umarmten sich und drückten die Gesichter aneinander.

»Laß uns hineingehen, Borja«, sagte Ninotschka, »und Feuer machen. Unser erstes Feuer in unserem Haus. Ich bin so glücklich, Borjuschka!«

Er nickte, nahm sie auf seine Arme und trug sie hinein in die noch leere, kalte, nach frischem Holz duftende Hütte.

XII

Zwei Jahre zogen vorbei.

Es waren zwei harte, aber gleichzeitig schöne Jahre. Aus der kleinen Faktorei Jenjuka mit ihren armseligen Holzhütten und dem Lagerhaus des fetten Birjukow wuchs eine kleine, saubere Stadt mit schmucken Blockhäusern, einer Straße aus Knüppelholz, einer kleinen Kapelle und einem Gemeindehaus heran. In letzterem gab es sogar einen Saal, in dem den Mitgliedern des neu gegründeten Theatervereins die Möglichkeit verschafft worden war, sich als Schauspieler zu produzieren.

Das war etwas, was man in Sibirien noch nicht erlebt hatte: Die Verbannten und ihre Frauen spielten Schiller und Shakespeare. Die Fürstin Wolkonsky hatte die Regie übernommen, Ninotschka – wie konnte es anders sein – spielte die jugendliche Liebhaberin, und Oberst Globonow schien wie dazu geschaffen, die großen Intriganten darzustellen. Er spielte den Franz Moor und Richard III., den Mephisto und den Shylock, und wenn er mit seinem Holzbein über die Bühne stampfte und schrie: »Mich lechzt es nach Blut!« – dann glaubte ihm das jeder.

Auch ein gesellschaftliches Leben gab es in Jenjuka. Die Damen luden sich abwechselnd zum Tee oder zu einem Kartenabend ein, hielten literarische Lesungen und Diskussionen ab und hatten ständig Kuriere unterwegs, die in Tschita oder sogar in Irkutsk neue Bücher kauften und einen Packen Zeitungen, was dann wieder einen beinahe unerschöpflichen Gesprächsstoff ergab.

General Schejin, der Jenjuka zweimal besuchte, war völlig fassungslos, nachdem er eine Aufführung von Schillers *Jungfrau von Orleans* gesehen hatte, in der Ninotschka die Heilige Johanna spielte.

»Wenn ich das nach Petersburg melde, verlegt der Zar seinen Hof nach Jenjuka«, meinte Schejin.

Globonow nickte und lachte. »Das ist gut möglich. Wie läuft übrigens die Angelegenheit wegen des Begnadigungsgesuches?«

Schejin wiegte den Kopf hin und her. »Wenn ich mich hier so umsehe, glaube ich gar nicht, daß die Deportierten und ihre Frauen begnadigt werden wollen.«

»Sie haben das Gesuch aber doch weitergegeben?«

»Natürlich. Es liegt bei General Abduschej.«

»Aber der sollte es doch sofort mit einem Kurier zum Zaren schicken!«

»Das wird er auch getan haben. Außerdem ist in Petersburg, seit die Frauen weg sind, die Stimmung gewaltig umgeschlagen. Man hat Mitleid mit ihnen. Es ist genau das Gegenteil von dem eingetreten, was der Zar erhofft hat: Man hat die Dekabristen nicht vergessen, sondern das

Schicksal ihrer Frauen belastet die Gewissen der Zurückgebliebenen. Also wird der Zar sie nicht vergessen.«

Davon allerdings merkte man in Jenjuka nichts. Die Sträflinge arbeiteten in den Wäldern, fällten Bäume, sägten die Stämme in handliche Stücke und verluden sie auf breite Wagen. Im zweiten Jahr tauchte das Gerücht auf, man wolle ein Dampfsägewerk installieren, eine ganz moderne Angelegenheit, erfunden von dem Engländer James Watt, der Dampf in einem Kessel zusammengepreßt und damit eine ungeheure Antriebskraft freibekommen hatte. Zwar explodierte so ein Dampfkessel leicht, aber gerade weil seine Handhabung so gefährlich war, sollte er in Sibirien ausprobiert werden. Wenn hier jemand in die Luft flog, war es nicht weiter tragisch. Vier Kolonnen sollten mit den Maschinenteilen dieses Dampfsägewerks unterwegs sein.

Aber die Kolonnen kamen nie an, und die Leute von Jenjuka gelangten zu der Überzeugung, daß die ganze Geschichte nur ein Gerücht gewesen sei.

Von Monat zu Monat hoffte Ninotschka in dieser Zeit, daß sie schwanger werden würde, aber ihr Wunsch erfüllte sich nicht.

»Seien Sie doch froh darüber, mein Kind!« meinte die Fürstin Trubetzkoi bei einem ihrer abendlichen Empfänge. Der Salon ihres Hauses sah inzwischen fast genauso aus wie der in Petersburg, mit seidenen Portieren, Gobelinsesseln, Spitzendecken, dicken Perserteppichen und geschnitzten Schränken. Honiggebäck wurde gereicht und Tee in chinesischen Porzellantassen, und der Diener Gawril trug eine goldbetreßte Livree.

Die rohen Holzwände des Hauses waren mit Stoff verhängt – ein Hauch Petersburg in der Taiga, diesem einsamsten Fleck der Erde.

Nicht viel anders, höchstens ein bißchen weniger wertvoll eingerichtet, waren die Häuser der anderen Frauen. Es war wie eine Demonstration gegen den Zaren: Sibirien kriegt uns nicht unter!

Auch Ninotschkas Hütte hatte jenen Hauch von Luxus, der General Schejin sprachlos machte. Mit den Rubeln ihres Vaters hatte sie von den burjätischen Händlern, die wiederum mit den chinesischen Kaufleuten in Geschäftsverbindung standen, Wandbehänge und Teppiche gekauft, kleine, zierliche Möbel aus Rosenholz und entzückende Bilder in Lackmalerei.

Als Borja diese Pracht zum erstenmal sah, wurde er ganz still und setzte sich vorsichtig auf eine Ecke des chinesischen Sesselchens, als habe er Angst, das Möbelstück könnte unter ihm zusammenbrechen.

»Gefällt es dir nicht, Burjuschka?« fragte Ninotschka.

»Wir sind in Sibirien, Liebling . . .«

»Das hier ist Sibirien!«

»Nein, das ist der krampfhafte Versuch, Petersburg hierher zu importieren.«

»Irrtum! Es ist nur unser Wille, uns nicht unterkriegen zu lassen.«

»Mit seidenen Portieren und durchsichtigem Porzellan?«

»Genau damit! Man erwartet, daß wir wie die Tiere im Sumpf leben. Das wäre ein Triumph des Zaren und seiner Höflinge! Aber auch in Sibirien verlieren wir nicht unsere Lebensart und unsere Kultur. In der nächsten Woche lesen wir Voltaire, und die Gräfin Plonsky wird einen Vortrag über Rousseau halten.«

»Und wann spielt ihr den Sturm auf die Bastille?« fragte Borja spöttisch.

Ninotschka wurde zornig, ihre Wangen glühten. »Was hast du gegen unsere Pläne?« rief sie. »Willst du denn wie ein Bär in einer Höhle leben?«

Er stand auf und stellte sich vor sie hin. »Sieh mich an, Ninotschka. Diese zerrissenen Wattehosen, die Steppjacke, überall durchgewetzt, die mit Lappen umwickelten Stiefel, die schwieligen Hände!«

»Alles, alles liebe ich an dir, Borjuschka!«

Er überhörte ihren Einwand. »Und dann diese Eleganz hier im Haus. Der Duft französischen Parfüms. Am Abend Konversation auf Französisch. Der Leiblakai Gawril reicht Tee und Gebäck. Nach der Premiere der *Jungfrau von Orleans* gab es sogar französischen Champagner . . . Das ist doch Wahnsinn, Ninotschka!«

»Das ist unser Widerstand! Unsere Waffen gegen Sibirien. Und was tut ihr? Ihr gehorcht! Ihr schuftet euch zu Tode! Euer männlicher Stolz heißt: Pflichterfüllung bis zum

Umfallen. Kopf hoch, auch wenn unten die Beine wegknicken! Ein russischer Offizier stirbt aufrecht.«

»Genau das stimmt!« entgegnete Borja Tugai dumpf.

»Aber nicht für uns! Wir breiten Teppiche über den Schlamm.«

»Der Schlamm wird trotzdem durchdringen.«

»Warten wir es ab! Vielleicht setzt Jenjuka neue Maßstäbe.«

Borja schüttelte den Kopf. »Sibirien wird immer das Land der Vergessenen bleiben. Was ihr macht, Ninotschka, ist Selbstbetäubung, weiter nichts.«

»Aber sie hilft. Borjuschka, hast du dich denn schon aufgegeben?«

»Nie! Ich werde mich nie aufgeben. Auch in Lumpen bleibe ich Offizier!«

Nach solchen Streitgesprächen war die Versöhnung immer besonders liebevoll. Und der Kommandant des Sträflingslagers, ein Hauptmann Dytschkin, war in solchen Fällen auf beiden Augen blind. Er verhängte keine Strafen, wenn seine Gefangenen über Nacht bei ihren Frauen blieben, sofern sie nur am nächsten Morgen pünktlich in der Kolonne standen und zur Arbeit ausrückten. Für Dytschkin waren diese Dekabristen keine Verbrecher wie die Mörder und Gauner, die sonst in sibirischen Lagern lebten.

Obwohl es sonst die politischen Gefangenen immer schlechter hatten als die kriminellen – aus der einfachen Überlegung heraus, daß Intelligenz gefährlicher ist als ein primitives Hirn, das nur an Raub oder Totschlag gedacht hatte –, war in Jenjuka dieser Brauch abgeschafft worden.

Dafür hatten auch außerhalb der Lagerpalisaden schon die Kutscher der Damen gesorgt, an ihrer Spitze der riesige Miron Fedorowitsch. Sie waren schon an einem der ersten Tage im Wald aufgetaucht, wo die Strafgefangenen gefällte Bäume entlaubten, hatten sich ein paar ganz üble Burschen herausgegriffen und sie tiefer in den Wald hineingeführt. Als man die Männer zurückbrachte, hätten ihre eigenen Mütter sie nicht mehr erkannt, so hatten die Kutscher sie zugerichtet.

»Und das kann euch und den anderen immer von neuem passieren«, sagte Miron. »Wenn unseren Hochwohlgeborenen etwas geschieht, drehen wir euch die Köpfe um!«

Da in Rußland Gewalt meistens überzeugt, wußten nun die kriminellen Gefangenen, daß in Jenjuka ein anderer Wind zu wehen begann. Alle Posten innerhalb des Lagers, die einträglich oder wichtig waren, wurden ausgewechselt, und die Dekabristen übernahmen die Tätigkeit als Magazinverwalter, Schreibstubenleiter oder Materialausgeber. Die Dekabristen bauten eine vollkommen neue Lagerverwaltung auf, und Hauptmann Dytschkin brauchte sich eigentlich um nichts mehr zu kümmern, ja, er bedankte sich sogar bei General Murawjeff für diese Hilfe.

Der wahre Herr von Jenjuka aber war Oberst Globonow. Nachdem der Pope, der den Transport nach Jenjuka begleitet hatte, wieder nach Tschita zurückgekehrt war, versuchte der Oberst sogar, ihn schlecht und recht zu ersetzen. Er weihte die kleine Holzkapelle ein, obwohl er kein Kirchenlied kannte, keine Liturgie und am Ende der Feier nur sagte: »Gott im Himmel, wir alle sind Gauner, darum schütze uns!«

Als General Schejin davon erfuhr, forderte er entsetzt einen Popen aus Irkutsk an.

Und so kamen Sommer und Winter, brütende Hitze und Kälte, die bis ins Mark drang. Es heulten Stürme um die Hütten, und der Himmel schüttete Wassermassen über das Land. Die Olekma trat ein paarmal über die Ufer und überschwemmte Jenjuka, und die Frauen saßen auf den Dächern, weil die Flut zu schnell gekommen war und sie im Schlaf überrascht hatte. Boote gab es damals noch wenige, und darum baute man Floße, um die Frauen von den Dächern zu holen.

Im dritten Jahr wurden in Jenjuka neunzehn Kinder geboren, und Globonow schickte einen Boten zu Schejin mit der Frage: »Wo bleibt der versprochene Pope? Ich kann die Kinderchen doch nicht auch noch taufen!«

Vier Wochen später erschien tatsächlich ein junger Priester, ein langer, dürrer Mensch, der schwindsüchtig wirkte und randvoll angefüllt war mit Angst vor diesem wilden Sibirien und seinem schweren Amt, unter Verbrechern leben zu müssen.

Aber als er die Häuser sah, die elegante Einrichtung darin, die hübsche kleine Kirche, die ein Kleinod an handwerklicher und künstlerischer Phantasie und Geschicklichkeit war, fiel er auf die Knie und dankte Gott.

»Nun sind wir komplett«, meinte Globonow grinsend. »Wir haben einen Popen. Die Damen können endlich beichten, und ich habe jemanden, mit dem ich mich streiten kann, wann immer ich Lust habe. Leute, es läßt sich leben in Jenjuka!«

Ninotschka gehörte in diesem Jahr zu der Gruppe der Frauen, die neben den Männern draußen im Wald arbeiteten. Sie teilten das Essen aus, brachten Werkzeuge, schleppten leichte Baumstämme zum Verladen, schlugen die Rinde von den Stämmen, hackten aus den dicken Ästen Brennholz und sammelten Birkenreiser für die Backöfen.

Was schmeckte köstlicher als ein gutgesäuertes Brot, gebacken in einem Steinofen, der vorher mit Birkenholz geheizt worden war! Wenn das Brot dann aus dem Ofen kam, die Laibe dampften und der Geruch durch das ganze Dorf zog, hob der Pope – er hieß übrigens Klimenti Safonowitsch Swinzow – beide Arme gen Himmel und rief: »Gott dort droben, dein Segen ist reichlich!«

Auch im dritten Jahr erwartete Ninotschka noch kein Kind. »Vielleicht soll es so sein«, sagte die Fürstin Trubetzkoi tröstend. »Stellen Sie sich vor, Borja würde begnadigt! Dann müßten Sie den höllischen Weg nach Petersburg mit einem Säugling zurücklegen. Das wäre Kindermord.«

»Der Zar wird Borja nie begnadigen! Aber ich weiß, worauf Sie hoffen, Fürstin: auf einen neuen Zaren. Aber auch der würde nichts tun. In Sibirien ist man vergessen.«

In diesen Monaten zeigte es sich immer mehr, daß Ninotschka aus dem Kreis der anderen Frauen herauswuchs. Während jene in Zirkeln zusammenkamen und über französische Philosophen diskutierten, ritt Ninotschka – Miron wie einen Schatten immer hinter sich – durch die Taiga und jagte wie ein Burjäte. Sie fischte Lachse im reißenden Fluß, räucherte sie für den Winter und fing in selbstkonstruierten Fallen Prachtexemplare von Füchsen und Nerzen, die der Magazinverwalter Birjukow mit guten Goldrubeln bezahlte.

»Sie wird mein bester Lieferant«, sagte er zu Globonow.

»Schon jetzt hat sie Aljoscha Schimkin überboten, und der galt bisher als der erfolgreichste Jäger weit und breit. Diese Frau ist ein Naturereignis.«

»Wehe, wenn Sie sie mit dem Preis betrügen, Porfiri Jewdokimowitsch!« drohte Globonow. »Dann prügle ich Ihnen das Fett aus der Haut.«

Bald war es für alle ein gewohnter Anblick, Ninotschka nach Männerart im Sattel zu sehen, mit hohen Stiefeln, einer Felljacke und im Nacken zusammengebundenen Haaren. In einem Sattelhalfter steckte ein Gewehr, im Gürtel trug sie Pistolen und zwei scharfe Messer. Auch das sprach sich herum, vor allem bei den Burjäten, die sonst vielleicht auf den Gedanken gekommen wären, Ninotschka zu überfallen. Außerdem war ja noch Miron da, dieser schweigsame Riese, von dem man sagte, er könne mit einem einzigen Faustschlag einen Menschen einen Meter tief in die Erde dreschen. Seine Fäuste sahen danach aus.

Nach einem Jahr kannte Ninotschka die Gegend um Jenjuka im Umkreis von hundert Werst – doch über Ninotschka sprach man in ganz Sibirien. Burjäten und Ewenken, Kosaken und durchreisende Beamte trugen die Erzählungen von ihrem Leben bis in die fernsten Winkel des Landes. Ninotschka wurde an der chinesischen Grenze ebenso bekannt wie der Baikalsee. Die Fischer am Amur sprachen über sie wie die Schiffer auf dem Ob. Und wie es so kommt – mit jeder Erzählung dichtete man Ninotschka noch mehr Abenteuer an. Abenteuer, die der größte Sagenheld nicht bestanden hätte.

»Die Herrin der Taiga«, sagte Abduschej in Irkutsk, als wieder einmal ein Durchreisender Neuigkeiten aus Jenjuka mitbrachte. »Ninotschka Pawlowna wird allmählich zu einer sibirischen Legende.«

So kam der vierte Winter in der Taiga – wie immer mit einem Meer von Schnee, das alles unter sich begrub. Aber es schreckte einen nicht mehr. Man hatte feste Häuser, gute Öfen, genug Vorräte.

Doch in diesem Winter starben vier Deportierte an Lungenentzündung, und im Laufe der Zeit würden es noch mehr Tote werden. Viele der Verbannten waren so alt, daß selbst eine Begnadigung sinnlos gewesen wäre – sie hätten die Rückreise nicht mehr überlebt. Also war Jenjuka die

Endstation ihres Lebens. Das wußten sie, und sie begannen, ihre Grabkreuze zu schnitzen.

Sie hatten viel Zeit dazu. Draußen heulte der Schneesturm und machte jede Arbeit im Wald unmöglich

Und dann begann plötzlich Globonow zu kränkeln. Keiner wußte, was er hatte, nicht einmal der Arzt, der wegen der beiden an Lungenentzündung Erkrankten aus Tschita gekommen war und wegen des Schneesturms in Jenjuka festgehalten wurde.

Die Krankheitssymptome, unter denen Globonow litt, waren zu vielfältig. Mal stach es hier, mal dort, mal zersprang ihm der Kopf vor Schmerzen. Dann wurde ein Arm taub, oder es stach ihn beim Atmen in der Brust. Und wenn das vorüber war, versagte der Darm.

»Die ganze Maschine ist kaputt«, sagte Globonow zu Ninotschka, die ihn pflegte. »Wie alt bin ich jetzt eigentlich? Verdammt, hier lebt man ohne Zeitgefühl! Ich müßte jetzt zweiundsiebzig sein. Aber mein Großvater ... der wurde vierundachtzig!«

»Dann erreichen Sie die Hundert, Väterchen«, meinte Ninotschka. Heute klagte Globonow über Schmerzen im Becken. Er konnte nicht sitzen und nicht liegen, sondern mußte stehen und sich, wenn er müde wurde, an der Wand anlehnen. Sobald er das Becken belastete, knirschte er vor Schmerzen mit den Zähnen.

Ein paar Tage später waren die Beschwerden vorüber. Nun stach es in der Lunge, und Globonow spuckte Blut.

An diesem Tag sprach der Arzt mit Ninotschka, als sie einen Augenblick allein in der Stube waren. Der Doktor setzte sich auf die Ofenbank und sagte traurig: »Hochwohlgeboren, ich muß Ihnen die Wahrheit gestehen, aber verraten Sie mich nicht. Ich bin fast sicher, daß der Oberst durch und durch mit einer unheilbaren Krankheit verseucht ist, die ihn von innen heraus verfaulen läßt. Er muß schon seit Jahren immer wieder auftretende Schmerzen gehabt haben. In seinem blutigen Auswurf habe ich Lungengewebe entdeckt, und vor zwei Monaten bei dem Durchfall fand ich Darmstückchen im Kot. Dabei läuft er immer noch herum und tut, als sei er kerngesund. Der Tag, an dem er endgültig zusammenbricht, wird schrecklich für ihn sein.«

Ninotschka behielt ihr Geheimnis für sich. Nur mit Borja

sprach sie darüber. Borja war jetzt zum Führer eines Trupps Krimineller ernannt worden, dessen Aufgabe es war, ein großes Waldgebiet einzuzäunen, um darin Nerze zu züchten.

An einem Abend – draußen heulte der Schneesturm und deckte alles wieder zu, was man vor Stunden noch mühsam freigeschaufelt hatte – saßen Borja Tugai und Oberst Globonow zusammen auf dem Ofen und spielten Schach. Ninotschka war drüben in der Kapelle und half einigen Frauen, den Raum für eine neue Taufe zu schmücken.

»Wie sind eigentlich Ihre Zukunftspläne, Borja Stepanowitsch?« unterbrach Globonow das Spiel.

»Ein Stück Land, um mich selbst ernähren zu können, zwei oder drei Kinder ...«

»Ich meine doch nicht in Sibirien! Ich meine, wenn Sie begnadigt sind!«

»Daran denke ich nicht.«

»Das sollten sie aber. Eine große Petition an den Zaren ist unterwegs. Die vierte bis jetzt, aber die beste. Sie muß Erfolg haben. Vierzehn hohe Offiziere haben sie unterschrieben, alle Gouverneure der sibirischen Provinzen, und sogar die Stroganoffs, die sich sonst nicht um Politik, sondern nur um Geld kümmern. Anlaß ist Ihre Frau Ninotschka Pawlowna. Die Geschichte von der ›Herrin der Taiga‹ hat die Runde gemacht. In der Welt erinnert man sich nun wieder der Dekabristen. Und außenpolitisch hat es der Zar gerade jetzt nötig, als großzügiger, gnädiger Herrscher angesehen zu werden. Also angenommen, Sie bekommen die Nachricht, daß sie frei sind, was dann?«

»Dann bleibe ich hier. Ich habe Sibirien lieben gelernt, Nikolai Borissowitsch.«

»Ich auch. Aber Sie sind ein junger Mann, Borja! Wollen Sie Ihr Leben vertun, indem Sie in Jenjuka Kohl anbauen? Sie haben doch ein Elternhaus.«

»Mein Vater hat Schiffe in Riga. Eigentlich sind wir ja deutscher Abstammung, heißen gar nicht Tugai, sondern Thorgau.«

»Und der alte Graf Koschkin hat auch Schiffe auf der Ostsee. Ihr könntet doch einen Seehandel anfangen, oder wollen Sie in der Armee bleiben?«

»Nein. Man hat meinen Degen über meinem Kopf zerbrochen ... dabei bleibt es. Wenn ich wirklich nach Europa zurückkehre, dann gehe ich zur See. Aber was soll das alles? Dazu wird es doch nie kommen.«

Globonow streckte sein Holzbein von sich. »Ich habe mein Leben lang den größten Teil meines Soldatensoldes gespart, Borja. Ernährt und gekleidet hat mich die Armee, und Frau und Kinder habe ich nie gehabt. Da kommen ein paar Rubelchen zusammen. Es gibt keine Ruhmestat, die mich überleben wird, kein Monument, nichts. Aber etwas soll doch von mir übrigbleiben. Söhnchen, ihr habt zu Hause schöne, gute, große Schiffe. Und wenn du wieder nach Riga kommst und bist der große Handelsherr Tugai, dann bau ein kleines, aber stabiles Schiff und nenne es ›Globonow‹. Hier findest du das Geld dafür.« Der Oberst klopfte mit der Pfeife gegen sein Holzbein.

»Hier drin, mein Söhnchen«, fuhr er fort. »Das Bein ist hohl. Und es ist vollgestopft mit Rubelscheinchen. Borja Stepanowitsch, ich ernenne Sie zu meinem Erben. Wenn ich abgegangen bin von dieser verdammten Welt, dann schrauben Sie mir das Bein ab und bauen Sie das schöne Schiff ›Globonow‹ ...«

Borja starrte den alten Oberst an. »Was reden Sie da, Nikolai Borissowitsch«, sagte er endlich stockend. »Sie werden hundert Jahre alt.«

»Blödsinn!« Globonow steckte die Pfeife wieder in den Mund. »Der Doktor ist ein ausgemachter Narr. Er weiß nicht, daß ich unheilbar krank bin.«

An einem dieser Wintertage entschloß sich General Schejin, mit zehn Reitern aufzubrechen, um Jenjuka einen Besuch abzustatten. Es war ein herrlicher Sonnentag, der Schnee schimmerte bläulich, und die Bäume sahen aus wie die Kunstwerke eines Zuckerbäckers.

Schejin ritt forsch nach Norden. Er hatte Post aus Petersburg bei sich, sehnte sich nach dem Knurren und Schimpfen Globonows, wollte einer Aufführung der Theatertruppe beiwohnen und gleichzeitig seiner Pflicht genügen, das Lager zu inspizieren.

Die kleine Schar ritt fünf Tage, bis sie in das Gebiet von Jenjuka kam. Hier merkte man schon, daß Holzfäller am

Werk gewesen waren, und der Urwald sah nicht mehr so wild und unwegsam aus wie am Tage der Schöpfung. Es war klirrend kalt, aber die Sonne schien. Da begannen plötzlich die Pferde zu schnauben und waren kaum noch zu halten. Die Augen traten ihnen aus den Höhlen vor Entsetzen, und Schweiß überzog die zitternden Körper.

»Zusammenbleiben!« brüllte Schejin und riß sein Gewehr hoch. »Dicht zusammenbleiben!«

Aus dem Unterholz brach jetzt ein Gewimmel von graubraunen vorwärtsschnellenden, hechelnden und heulenden Tierkörpern hervor. Von allen Seiten kamen sie. Wölfe!

Schejins Augen weiteten sich. Der Anblick eines Wolfes war nichts Neues für ihn. Er hatte viele Wolfsjagden veranstaltet. Er hatte keine Angst vor diesen blutgierigen Tieren, auch dann nicht, wenn der Hunger sie antrieb.

Aber was da von allen Seiten aus dem Wald brach, war das größte Wolfsrudel, das Schejin je gesehen hatte. Es war ein Wolfsheer!

Es hatte keinen Sinn mehr, weiterzureiten. Die Pferde zitterten dermaßen vor Angst, gingen hoch und wieherten schrill. Die Reiter konnten sie kaum noch halten. Nach allen Seiten wollten die Tiere ausbrechen – das aber wäre der sichere Tod gewesen, denn was kann ein Mann allein gegen zehn oder zwanzig Wölfe ausrichten?

»Zusammenbleiben!« brüllte General Schejin heiser. »Dort ist eine Lichtung! Dahin reiten wir!«

Die Soldaten schlugen auf die Pferde ein, stießen ihnen die Sporen in die Seiten und erreichten tatsächlich geschlossen die Lichtung. Hier sprangen sie ab und eröffneten sofort das Feuer auf die Wölfe, die ihnen nachgejagt waren. Während die ersten fünf Reiter schossen, banden die anderen die Zügel ihrer Pferde zusammen und schlangen sie um zwei Bäume. Dann rannten sie zu ihren Kameraden zurück und rissen die Gewehre hoch. Sie brauchten kaum zu zielen, bei dieser Masse traf jeder Schuß.

»Gut so!« schrie General Schejin. »Noch einmal!«

Die zweite Salve ließ das Wolfsrudel zurückweichen.

Nur ein paar starke alte Wölfe liefen weiter, hieben ihre schrecklichen Zähne in die Körper ihrer getöteten Artgenossen und schleiften sie zum Waldrand. Dort fielen sie mit den anderen heulenden über sie her und zerrissen die blutenden Leiber. Blut! Fleisch! Nicht mehr hungern!

Aus dem tief verschneiten Wald tauchten immer neue Rudel auf und warfen sich in das Gewimmel, um auch ein paar Fleischfetzen abzubekommen.

Mit entsetzten Augen starrte General Schejin auf dieses Bild. Dann blickte er hinüber zu seinen Leuten, sah, wie sie bleich im Schnee knieten, die Gewehre im Anschlag.

»Wieviel Munition haben wir noch?« fragte Schejin.

»Nicht genug, Exzellenz, um dieses Heer von Wölfen zu erschießen«, antwortete ein junger Leutnant.

Schejin nickte. Er hatte es gewußt. In wenigen Minuten, wenn sie ihre Beute vertilgt hatten, würden die Wölfe wiederkommen. Man würde wieder einige erschießen, die von den anderen gefressen würden, und dann ging der Kampf weiter, immer weiter: Angriff, zerreißen, fressen, Angriff – bis der letzte Schuß verfeuert war und niemand mehr die Woge aus Hunger und Blutgier aufhielt.

General Schejin sah hinüber zu den Pferden. Nein, auch das hat keinen Sinn, dachte er. Selbst die Pferde reichten nicht aus, um den Hunger der Wölfe zu stillen. Und was ist ein Mensch in der winterlichen Taiga ohne Pferd?

»Ich brauche einen Freiwilligen«, sagte Schejin mit belegter Stimme. »Er könnte in drei Stunden Jenjuka erreichen, um Hilfe zu holen. Vielleicht halten wir bis dahin durch. Wenn er losreitet, hat er unser aller Leben in seiner Hand.« Er atmete tief auf. »Wer will es versuchen?«

Die zehn Soldaten starrten vor sich in den Schnee und schwiegen. Schejin nahm es ihnen nicht übel. Wer ist schon so tollkühn, mitten durch ein Wolfsheer zu reiten? Und doch war dies die letzte Chance, um zu überleben: Hilfe holen aus Jenjuka.

»Brüder!« sagte Schejin laut. »Ich brauche einen von euch. Sonst reite ich selbst. Leutnant, mein Pferd! Los, Kerl, bring es mir!«

»Bleiben Sie, Exzellenz.« Ein junger Soldat stand auf. Er war erst einen Winter in Sibirien und mit einem Trupp aus der Ukraine gekommen. Auch dort gab es Wölfe, aber sie waren kleiner als diese hier und tauchten nur in kleinen Rudeln auf. Aber er hatte schon als Junge Jagd auf sie gemacht und wußte, wie man sie mit einem Pferd abhängen konnte. »Ich versuche es.«

»Wie heißt du?« fragte Schejin.

»Alexander Prikorowitsch Fetkin, Euer Exzellenz.«

»Fetkin, ich ernenne dich zum Leutnant und schenke dir das Gut Domskoje, das zu meinen Besitzungen gehört, wenn du Hilfe bringst.«

»Ich werde es schaffen, Exzellenz!« Der junge Soldat salutierte, band sein Pferd los und schwang sich in den Sattel.

»Wenn er losreitet, schießen wir!« brüllte Schejin. »Die neuen Kadaver werden die Wölfe ablenken. Gott mit dir, Alexander Prikorowitsch!«

Fetkin gab seinem Gaul die Sporen und galoppierte an. Gleichzeitig schossen seine Kameraden in die heulenden Knäuel der Wölfe und sorgten dafür, daß sich die vor Hunger wie rasenden Tiere sofort wieder auf die getöteten stürzten.

Aber es waren nicht alle. Abseits am Waldrand warteten noch einige Rudel. Sie streunten hin und her und äugten zu den Menschen hinüber, unschlüssig, ob sie nicht einen eigenen Angriff auf die Pferde wagen sollten. Der Geruch des Blutes machte sie fast wahnsinnig.

An diesen Rudeln mußte Fetkin vorbei. Er lag flach über dem Hals seines Pferdes, schoß um sich und galoppierte auf den Wald zu. Er sah, wie sich neben ihm die grauen Leiber in Bewegung setzten, wie sie ihm wie Schatten folgten und plötzlich hochschnellten und ihn ansprangen.

Schejin sah das nicht. Der aufgewirbelte Schnee verhinderte eine klare Sicht, er hörte nur die Schüsse und sah weder Reiter noch Pferd.

»Fetkin kommt durch!« schrie der General. »Er hat den Ring durchbrochen!«

Dabei war schon zweihundert Meter hinter der Lichtung die grausame Jagd der Wölfe auf den jungen Soldaten zu Ende. Fünf auf einmal hingen an seinem Pferd und bissen sich fest. Der sechste Wolf sprang Fetkin in den Rücken und grub seine spitzen Zähne in dessen Schultern. Noch einmal schrie Fetkin auf – ein Laut, der im triumphierenden Geheul der Wölfe unterging. Dann stürzte das Pferd, aus vielen Wunden blutend. Fetkin wurde aus dem Sattel geschleudert, und sofort waren drei Wölfe über ihm.

Auf der Lichtung krachten wieder die Salven. Der nächste Angriff des Wolfsheeres brandete heran.

»Noch zusammen siebenundachtzig Schuß, Exzellenz«, meldete danach der junge Leutnant.

Schejin winkte ab. Er wußte, was diese nüchterne Zahl für sie alle bedeutete. Auch Fetkin konnte das nicht mehr schaffen, wenn er wirklich durchgekommen war. Drei Stunden bis Jenjuka, dann drei Stunden zurück – und siebenundachtzig Schuß Munition.

»Leutnant«, sagte Scheji ernst, »wir alle sollten gemeinsam beten. Um so leichter ist es dann, zu sterben.«

Die Soldaten knieten nieder, die Gewehre noch immer schußbereit vor sich. Sie bekreuzigten sich. Nur General Schejin blieb aufrecht stehen und blickte in den grauweißen Schneehimmel.

»Herr dort oben«, betete er laut und mit fester Stimme, »dein Wille geschehe. Trotzdem gebe ich die Hoffnung nicht auf, daß du tapfere Soldaten anders sterben läßt als durch die Zähne blutgieriger Wölfe. Erhöre unser Gebet.«

Die neun Männer hatten die Hände gefaltet und beteten voller Inbrunst. Dann wurden die Gewehre wieder hochgenommen, die Pistolen vor die Füße gelegt, die Messer gezogen. Bis zum letzten Atemzug wollte man sich wehren.

Als wollte Gott den grausamen Anblick des Blutes dämpfen, begann es zu schneien, lautlos und in dicken Flocken. Die Welt versank in Weiß.

»Unser Leichentuch«, sagte General Schejin sarkastisch. »Welch ein vergeblicher Luxus! In ein paar Stunden ist doch sowieso nichts mehr von uns übrig, wenn kein Wunder geschieht.«

XIII

An diesem Tag waren Ninotschka und Miron Fedorowitsch auf der Jagd. Sie hatten Jenjuka schon am Morgen verlassen und kontrollierten die Fallen, die Miron ausgelegt hatte. In Hosen und einer Felljacke, die wattierte Mütze tief ins Gesicht gezogen, saß Ninotschka auf ihrem Pferd. Man hatte sich an diesen Anblick in Jenjuka gewöhnt. Während all die anderen Damen – vor allem die Fürstin Trubetzkoi und die Wolkonsky – einen Hauch von Petersburg nach Sibirien verpflanzt hatten und daran festhielten, hatte sich Ninotschka in dieses wilde Land eingelebt, so, als sei sie fast ein Teil von ihm geworden.

Heute nun ritt sie mit dem treuen Riesen Miron durch die Taiga, und plötzlich vernahm sie als erste das langgezogene Heulen der Wölfe, begleitet von aufpeitschenden Schüssen. Die beiden Pferde witterten die Gefahr und begannen zu zittern. Sie gingen hoch und wollten zurückjagen. Ninotschka und Miron hatten Mühe, sie zu bändigen.

»Das sind Menschen, Hochwohlgeboren«, sagte Miron. »Sie werden von Wölfen angegriffen.«

»Bin ich taub, Miron!« Ninotschka richtete sich im Sattel auf und schob die Wattemütze zurück, um besser hören zu können. Wieder peitschten Schüsse auf, begleitet von dem schrecklichen Geheul, das niemand vergißt, der es jemals vernommen hat.

Miron beugte sich zu Ninotschka hinüber. »Kehren wir um, Hochwohlgeboren.«

»Bist du verrückt, Miron? Da sind Menschen in Not. Wir müssen sofort zu ihnen!«

»Nein, Hochwohlgeboren . . .«

»Seit wann bist du ein Feigling, Miron?« rief Ninotschka. Der Kutscher griff in ihre Zügel, und sie schlug nach seinen Händen. Aber gegen diese Riesenpranken konnte sie nichts ausrichten.

»Laß los, sag ich dir!« befahl sie wütend. »Hörst du nicht, wie sie schießen? Diese Menschen brauchen uns!«

»Sie werden sich selbst verteidigen, Hochwohlgeboren.«

»Laß los, du Feigling!« Ninotschka wollte ihrem Pferd die Sporen geben, aber das hatte keinen Sinn, solange Miron die Zügel so straff hielt. »Ich schlage dich ins Gesicht!«

»Tun Sie es, Ninotschka Pawlowna.« Miron hielt die Zügel immer noch fest. »Ich habe Ihrem Vater geschworen, Sie zu beschützen. Er hat mich zu einem freien Menschen gemacht . . . Ich breche meinen Schwur nicht.«

»Mein Vater ist weit!«

»Er ist stets neben mir, Hochwohlgeboren. Ich spreche jeden Abend mit ihm, erstatte ihm Bericht über sein Töchterchen Ninotschka. Was soll ich heute abend sagen? Hochwohlgeboren, Ihre Tochter ist von Wölfen zerrissen worden, weil ich, Miron Fedorowitsch, nicht stark genug war, sie vor dem Unheil zu schützen?« Er schüttelte den Kopf. »Wenn wir reiten, dann reiten wir zurück!«

»Vorwärts! Hast du mich verstanden?«

Wieder klangen Schüsse auf, sie schienen näher zu kommen. Dann ertönte der helle Schrei eines Menschen, untergehend im satanischen Geheul der Wölfe. Der Todesschrei von Fetkin.

Ninotschka riß ihr Gewehr aus der Satteltasche. Mit dem Kolben schlug sie auf Mirons Hände, aber der Riese hielt die Zügel unbeirrt fest.

»Ich erschieße dich!« drohte Ninotschka.

Der bärtige Riese sah sie traurig an und nickte. »Tun Sie es, Hochwohlgeboren. Es ist der einzige Weg, mich von meinem Schwur zu entbinden.«

»Du Narr«, sagte Ninotschka leise und ließ das Gewehr sinken. »Du Idiot! Wenn du nicht so treu wärst . . .«

»Herrin . . .«

Nur eine Sekunde ließ Mirons Aufmerksamkeit nach, aber sie genügte. Ninotschka riß ihm die Zügel aus den Händen und galoppierte davon. Miron schrie auf, hieb auf sein Pferd ein und folgte ihr. Doch so sehr er auf seinen Gaul auch einschlug, er konnte Ninotschka nicht einholen. Sie hatte das beste und schnellste Pferd von Jenjuka, für fünfzig Goldrubel von einem Jakuten gekauft, ein Tier, dessen gelbes Fell in der Sonne wie Gold leuchtete.

»Zurück!« brüllte Miron voller Verzweiflung. »Ninotschka Pawlowna, ich erschieße Ihr Pferd! Zurück!«

»Wag es!« schrie Ninotschka und beugte sich tiefer über den Hals ihres Pferdes. Es sah aus, als flüsterte sie ihm etwas ins Ohr, und das Tier streckte sich und schien förmlich über den Boden zu fliegen.

Miron fiel zurück und brüllte auf vor Angst und Not wie ein verwundeter Bär.

Und dann sahen sie die Wölfe. Zuerst einzelne, die ihnen hechelnd entgegenstarrten, dann die Rudel, eine graubraune Mauer im Schnee mit aufgerissenen, dampfenden, heulenden Schnauzen.

»Ninotschka Pawlowna!« schrie Miron wie ein Wahnsinniger. »Gott sei uns allen gnädig!«

Sie rasten an den Überresten eines Pferdes und eines Menschen vorbei, hörten wieder Schüsse, ganz nah jetzt, und dann waren sie mitten unter den Bestien, die einen Augenblick lang über das Auftauchen der neuen Feinde verwirrt schienen und nicht angriffen.

Miron begann zu schießen. Er hielt wahllos in die Wolfsrudel hinein, erkannte dann die Lichtung hinter dem Vorhang aus wirbelndem Schnee, sah Ninotschka wie einen Geisterreiter die Wölfe überrennen.

Die Schüsse verstummten, Miron erlegte noch zwei angreifende Bestien und folgte dann Ninotschka.

Die Soldaten auf der Lichtung starrten die beiden an, als seien sie Fabelwesen.

Ninotschka sprang vom Pferd und schoß, kaum daß sie stand, nach einem Wolf, der sich zu weit vorgewagt hatte. Erst dann drehte sie sich um und ging auf Schejin zu.

»Ist es möglich?« rief sie. »Sie, General? Starren Sie mich nicht so entgeistert an. Erkennen Sie mich denn nicht?«

Sie nahm die Mütze vom Kopf. Ihr schwarzes Haar fiel in dichter Fülle über ihre Schultern.

»Ninotschka Pawlowna«, stammelte Schejin. »Wo, um alles in der Welt, kommen Sie her? Wer hat Sie in diese Hölle geführt? Mein Gott, was wollen Sie hier?«

»Ich hörte Ihr Schießen. Ich will Ihnen helfen.«

»Helfen? Sehen sie sich um, Ninotschka Pawlowna. Heilige Mutter von Kasan, was haben Sie nur getan!« Erst jetzt sah der entsetzte Schejin Miron, der gerade vom Pferd sprang.

»Warum hast du sie nicht zurückgehalten, du Lump?« schrie der General.

»Wenn es Ihnen gelingt, Ninotschka Pawlowna von irgend etwas, das sie sich in den Kopf gesetzt hat, zurückzuhalten, schenke ich Ihnen den Mond!« rief Miron zurück. »Was sollte ich denn tun?«

»Gewalt anwenden, wenn nichts anderes hilft, du Idiot!«

»Würden Sie das tun, wenn sie mit dem Gewehr auf Sie zielt?«

General Schejin faßte sich wieder an den Kopf und starrte Ninotschka an. »Sie sind in Ihren Tod geritten«, sagte er dumpf. »Wir haben noch neununddreißig Schuß Munition. Und dort drüben warten über hundert Wölfe. Ist Ihnen Fetkin begegnet?«

»Etwa dreihundert Meter von hier liegen ein Mann und ein Pferd zerrissen im Wald.«

»Das ist das Ende.« Schejin griff nach seiner Reiterpistole. »Ninotschka Pawlowna, ich lasse Sie nicht von den Wölfen zerreißen. Ich erschieße Sie vorher. Fetkin war meine einzige Hoffnung. Wenn er Jenjuka erreicht hätte . . .«

Ein Schuß unterbrach ihn. Miron hatte ihn abgegeben. Auch die Soldaten schossen jetzt wieder. Einige Wölfe hatten sich näher geschlichen.

»Ich kann Jenjuka noch erreichen, General«, sagte Ninotschka ohne das geringste Zittern in der Stimme. »Ich reite sofort los.«

»Das ist Wahnsinn!« rief Schejin. »Denken Sie an Fetkin.«

»Ich habe das beste Pferd von Jenjuka.«

»Aber dort drüben lauern hundert Wölfe auf Sie!«

»Ich werde mit zwei Bündeln brennenden Reisigs durchbrechen.« Ninotschka winkte Miron. »Los, mach Feuer!« rief sie. Ihre helle Stimme übertönte die vereinzelten Schüsse. »Zwei Bündel Reisig! Starr mich nicht so an, Miron! Weißt du denn nicht mehr . . . damals die Wölfe auf unserem Gut Pernaskoje . . .«

»Das waren vier Stück, Ninotschka Pawlowna. Vier junge Tiere und noch voller Angst.«

»Auch die da haben Angst vor dem Feuer!« Ninotschka lief zu ihrem Pferd, lud die Beutel mit Munition ab und warf sie Schejin zu. »Das sind hundert Schuß, General. Und zwei Gewehre und drei Pistolen. Ich brauche keine Waffen mehr für diesen Ritt!«

»Mit hundert Schuß schaffen wir es allein!« Schejin gab den Munitionsbeutel an den Leutnant weiter. »Verteilen. Fertig machen zur Attacke!«

»Das wäre falsch«, sagte Ninotschka ruhig. Sie sah nicht mehr zu den Wölfen hin. Sie wußte, daß aller Mut sie verlassen würde, wenn sie dieses Heer von blutgierigen Bestien länger betrachtete. »Die Wölfe springen Sie in Gruppen an, und dagegen gibt es keinen Widerstand. Sie müssen warten, bis aus Jenjuka genügend Männer kommen, um sie zu vertreiben. Vorher kämen vielleicht zwei oder drei Ihrer Leute durch, mehr aber nicht.«

»Sie reiten nicht, Ninotschka!« rief Schejin.

»Ich habe das schnellste Pferd!« Ninotschka zögerte, sah dann doch zu den Wölfen hinüber und schauderte zusammen. Miron war schon dabei, Äste von den Bäumen zu brechen und zu bündeln. Es würde Mühe kosten, das feuchte Holz zum Brennen zu bringen.

»General Schejin«, sagte Ninotschka langsam. »Ist Ihr Leben noch etwas wert?«

»Im Augenblick nichts, Ninotschka Pawlowna. Keine Kopeke ...«

»Was wäre es Ihnen wert, wenn Sie es erhalten könnten?«

»Meinen ganzen Besitz gäbe ich dafür her. Aber Wölfe lassen nicht mit sich handeln.«

»Aber ich, General!« Ninotschka lehnte sich an ihr Pferd. »Verhandeln wir. Ich rette Ihr Leben ... was bieten Sie dafür?«

Schejin atmete schwer. »Was Sie wollen.«

»Gut.« Ninotschka hielt ihm die Hand hin. »Ihr Leben gegen das meines Mannes! Wenn ich Sie rette, General, begnadigen Sie Borja Stepanowitsch!«

Ein nervöses Zucken flog über Schejins Gesicht. »Ich kann niemanden begnadigen. Das kann nur der Zar. Hätte ich die Macht dazu, wären alle Dekabristen wieder freie Männer.«

»Dann flehen Sie den Zaren an, Borja zu begnadigen!« sagte Ninotschka ungerührt. »Geben Sie mir die Hand darauf, General. Ihr Leben gegen das von Borja. Schwören Sie mir, beim Zaren auf die Knie zu fallen, um meinen Mann zu retten!«

»Ich schwöre es.« Schejin legte seine Hand in ihre kleinen kalten Finger. »Mein Gott, was für eine Frau sind Sie, Ninotschka Pawlowna!«

Miron kam gelaufen. Er schwenkte zwei brennende Reisigbündel über dem Kopf. »Hochwohlgeboren«, stammelte er, »geben Sie mir Ihr Pferd ...«

»Halt den Mund!« Ninotschka schwang sich in den Sattel, zog die Mütze wieder über den Kopf und streckte die Arme aus. »Gib mir die Bündel ... Los, rasch!«

»Ich lasse Sie nicht allein!«

»Die Bündel!« befahl Ninotschka. »Du mußt hierbleiben. Ein Mann, der schießen kann, ist wichtiger als einer, der hinter mir herreitet und jammert!«

Miron reichte ihr das brennende Reisig. Noch bevor er etwas sagen konnte, hieb Ninotschka ihrem Pferd die Hacken in die Seite und galoppierte davon. Dabei schwang sie die Feuerbündel mit beiden Händen hin und her, daß es so aussah, als seien Pferd und Reiter von einem Flammenmantel umgeben.

Die Wölfe wichen zurück und bildeten eine Gasse, durch die Ninotschka hindurchjagte. Sofort hinter ihr schloß sich die Mauer aus Tierleibern wieder.

»Sie schafft es«, sagte Schejin mit bebender Stimme. »Gott im Himmel, sie schafft es tatsächlich! Wie ist das möglich?«

»Das ist leicht zu erklären, Exzellenz!« Miron Fedorowitsch lud sein Gewehr. »Sie ist ein Engel, aber sie hat gleichzeitig den Teufel im Leib.«

Ninotschka ritt, als trüge nicht ein Pferd sie vorwärts, sondern eine vom Sturm gepeitschte Wolke. Schon nach zwei Stunden erreichte sie Jenjuka und schrie bereits während sie über die Straße galoppierte: »Wölfe! Zu Hilfe, Wölfe!«

Als sie vor Globonows Haus aus dem Sattel fiel und vor Erschöpfung einen Moment im Schnee liegenblieb, rannten schon die ersten Burjäten und Ewenken zu ihren kleinen struppigen Pferdchen, und im Sträflingslager wurde Alarm geblasen.

Globonow ließ es sich trotz seines miserablen Gesundheitszustandes nicht nehmen, diese Expedition mitzumachen. Ächzend stieg er in den Sattel und rief Ninotschka, die wieder aufgestanden war, zu: »Sie bleiben hier!«

Statt einer Antwort schwang sie sich wieder auf den Rücken ihres Pferdes, und Globonow begriff, daß es absolut sinnlos war, sie zurückhalten zu wollen.

Vom Lager sprengte eine Abteilung Kosaken heran, und

Ninotschka gab ihrem Pferd einen festen Schenkeldruck und preschte an Globonows Seite.

»Wenn wir wieder hier sind, werde ich mir erlauben, Sie wie ein unartiges Kind übers Knie zu legen!« schimpfte der Oberst. »Wonach riechen Sie eigentlich, Ninotschka?«

»Nach verbrannten Haaren! Das Reisigfeuer schlug über mir zusammen.« Ninotschka lächelte ein bißchen verzerrt und rückte ihre Mütze zurecht. »Sie werden staunen, Nikolai Borissowitsch, so viele Wölfe auf einmal haben Sie noch nie gesehen.«

Globonow und sie hatten jetzt die Spitze des Trupps von fast hundert bewaffneten Männern erreicht. Und immer noch mehr kamen hinzu. Sogar der fette Birjukow, der Fellaufkäufer, erschien. Aber nicht etwa, um mitzureiten, sondern um zu rufen: »Schießt gut und bringt die Felle möglichst unversehrt mit! Je weniger Löcher darin sind, um so mehr bezahle ich!«

Die Retter kamen in letzter Minute. General Schejin hatte bis auf neun Patronen die gesamte Munition verschossen, als die Männer von Jenjuka die Wolfsrudel erreichten. Was dann geschah, war die größte Wolfsvernichtung, die Sibirien je erlebt hatte. Schluchzend vor Freude hob Miron Ninotschka aus dem Sattel und trug sie wie ein Kind auf seinen Armen zu General Schejin. »Da ist sie!« rief er dabei. »Da ist unser Engel!«

Und Schejin verneigte sich tief und sagte: »Ninotschka Pawlowna, ich verdanke Ihnen mein Leben. Unsere Abmachung gilt. Und wenn der Zar sich weigert, werde ich ihm meinen Degen vor die Füße werfen und zu Ihnen in das Lager Jenjuka kommen.«

Um Mitternacht kehrten sie zurück, umlodert von brennenden Fackeln. Auf den Kruppen der Pferde lagen die Wolfsfelle. Es waren zweihundertvierundfünfzig Stück. Birjukow, dem man die Zahl zurief, hielt sich am Türpfosten fest und stöhnte: »Ich bin erledigt! Ich wollte doch nicht alle Wölfe Sibiriens kaufen!«

Auch die Verbannten standen vor dem Lager, unter ihnen Borja Tugai. Als er Ninotschka erkannte, lief er ihr entgegen, und sie sprang in seine ausgebreiteten Arme, noch bevor ihr Pferd stand.

»Ninotschka«, stammelte Borja heiser. Er war in den

letzten Stunden vor Angst halb wahnsinnig geworden. Dann versagte ihm die Stimme, und er drückte seine Frau nur noch stumm an sich und spürte, wie sie zitterte.

»Wir haben es geschafft, Borjuschka«, sagte Ninotschka. »Ich habe dein Leben erkauft. Borja, wir werden frei sein! Frei! Frei! Wir werden hingehen können, wohin wir wollen. Borjuschka, dein Leben gehört wieder dir!«

XIV

General Schejin stand zu seinem Wort. Mit dem nächsten Postreiter, der nach Irkutsk ritt, schickte er einen langen Bericht über den Kampf gegen die Wölfe und seine Lebensrettung durch Ninotschka Pawlowna.

Da alle Post zunächst Gouverneur Semjon Iljajewitsch Abduschej vorgelegt wurde, verbreitete sich die Nachricht von dem Geschehen in Jenjuka schnell in ganz Südsibirien.

War Ninotschka bisher nur nördlich von Tschita als ›Herrin der Taiga‹ bekannt geworden, so sprach man jetzt in den übrigen sibirischen Städten und Garnisonen nur noch von der ›wilden Gräfin‹ oder sogar der ›Tochter des Helden Jermak‹.

Der Kosaken-Ataman Jermak war es gewesen, der einst im Auftrag der reichen Stroganoffs zuerst über den Ural gezogen war und mit einer kleinen Streitmacht im Jahre 1581 mit der Eroberung Sibiriens begonnen hatte.

Jetzt hatte eine Frau dieses herrliche, wilde Land bezwungen; eine Frau voll ungebrochenen Mutes, eben eine Heldin wie einst der sagenumwobene Kosaken-Ataman. Zudem war sie noch die Tochter des Grafen Koschkin, der zwar im vergangenen Jahr gestorben war – aus Gram um sein fernes Töchterchen, wie es hieß –, bei dessen Begräbnis aber der Zar selbst eine geweihte Kerze vor dem Sarg hergetragen hatte.

»Ich habe so etwas kommen sehen«, meinte General Abduschej, als der Bericht seines Freundes Schejin auf seinem goldverzierten Schreibtisch lag. »Wie sie zum erstenmal hierherkam, diese Ninotschka Pawlowna, wie sie alle da vor mir standen, die Frauen, schmutzig und zerlumpt, aber trotzdem mit einer geradezu königlichen Haltung, als kämen sie nicht aus der Wildnis, sondern gerade von einem Hofball, da wußte ich: an diesen Frauen wird jede Rache des Zaren zerbrechen!«

Abdjuschej unterschrieb das Bittgesuch des Generals Schejin, Borja Stepanowitsch Tugai zu begnadigen, und unterstrich die folgende Stelle in dem Bericht:

›Ich bitte Eure Majestät, diesen Gnadenakt zu vollziehen. Ich habe mein Wort und meine Ehre verpfändet, mein Leben gegen das Leben des Gardeleutnants Tugai zu setzen. Wenn Majestät sich nicht in der Lage sehen, Großmut und Güte, die edelsten Zierden eines Herrschers, walten zu lassen, bitte ich Majestät, auf Euren Diener Schejin zu verzichten. Ich werde dann meinen Degen zerbrechen und freiwillig zu den Deportierten von Jenjuka ziehen, um einer der ihren zu sein . . .‹

General Abduschej zögerte. Ließ sich der Zar auf solche Weise umstimmen? War das nicht eine Art von Erpressung? Der Gouverneur saß lange über diesem Brief von General Schejin, wanderte dann unruhig in seinem großen Arbeitszimmer hin und her, ehe er zu seinem Schreibtisch zurückkehrte und eine kurze Bemerkung beifügte:

›Majestät – ich, der Gouverneur von Irkutsk, bitte gleichfalls um die Gewährung dieser Gnade. Die Dekabristen sind Männer, die Eurer Majestät gegenüber gefehlt haben, aber sie taten es aus Liebe zu Rußland. Es waren Patrioten, Majestät, gute, echte Russen, die nur in die falsche Richtung geblickt haben. Und ihre Frauen – welcher Heldenmut lebt in ihnen, welche geradezu überirdische Liebe! Nennen Sie mir jemanden, Majestät, der Ähnliches auf sich genommen hat, wie diese Frauen der Verbannten. Ich flehe Eure Majestät um Gnade an.‹

In der Nacht noch ritt ein Kurier von Irkutsk nach Westen. Fünftausend Werst einsames Land lagen vor ihm, nur unterbrochen von den kleinen Poststationen, wo man die Pferde wechseln und ein paar Stunden schlafen konnte.

»Es wird ein halbes Jahr dauern, bis die Antwort des Zaren eintrifft«, sagte Abduschej zu seinen Offizieren, die an der Abendtafel über nichts anderes sprachen als über den Kampf der Leute von Jenjuka gegen die Wölfe. »Aber was ist ein halbes Jahr in Sibirien . . .«

In diesem Winter, an einem eisigen Februartag, starb Oberst Globonow.

Es kam ganz plötzlich, auch wenn man schon längst wußte, daß der knorrige alte Mann unheilbar krank war.

Gegen neun Uhr morgens spuckte er Blut, fiel stöhnend auf sein Bett zurück und schickte seinen Diener Timofej zu Ninotschka und dann in das Lager der Verbannten.

»Es geht zu Ende mit meinem guten Herrn!« jammerte Timofej. Die Tränen liefen ihm über das zuckende Gesicht, und da er während des ganzen Weges geweint hatte, hingen sie – zu kleinen Eiszapfen gefroren – auf seinen Wangen. »Er erbricht Blut, er kann kaum noch sprechen. Aber er will Euer Hochwohlgeboren sehen. Kommen Sie, kommen Sie schnell!«

Ninotschka, die gerade an einem Butterfaß saß und aus Sahne Butter stampfte, ließ alles stehen und liegen und rannte, nur mit einem dünnen Mantel bekleidet, Timofej nach. Der Kommandant des Deportiertenlagers schickte einen Kosaken in den Wald, um Borja von der Arbeit zu holen.

Globonow stirbt – das war, als wenn ein Teil der Welt unterginge. Als wenn die Taiga verdorrte oder der Schnee sich schwarz färbte. Globonow stirbt! Man hatte damit gerechnet, aber jetzt, da es geschah, mochte es niemand fassen.

Der alte Oberst lag in seinem Bett, bleich, ermattet von dem Blutverlust, von Schmerzen fast zerrissen. Der Arzt stand draußen im Vorraum des Hauses, als Ninotschka hereinstürmte. »Helfen Sie mir, Ninotschka Pawlowna!« rief er sofort. »Er beschimpft mich wie einen lahmen Esel. Ich kam sofort her, als ich von seinem Anfall hörte, wollte ihm ein Pulver geben ... und was machte er? Er blies mir das Pulver ins Gesicht. Hat man schon jemals einen solch rabiaten Kranken gesehen? Erklären Sie ihm, daß das Pulver die Schmerzen nehmen wird!«

Globonow sah Ninotschka aus flackernden Augen entgegen. Sie kniete neben seinem Bett nieder und ergriff seine bebenden, mager gewordenen Hände. »Es ist soweit«, sagte Globonow mühsam. Er knirschte dabei mit den Zähnen vor Schmerz.

»Väterchen!« Ninotschka küßte seine heißen Hände.

»Warum haben Sie Dr. Wolodrow weggejagt? Er hat eine Medizin ...«

»Ich kenne diese Medizin. Bei den Schweinen gibt er sie gegen den Rotz, bei mir gegen die Schmerzen. Er soll sich zum Teufel scheren!«

»Väterchen ...«

»Hören Sie zu, Ninotschka Pawlowna.« Globonow nahm alle Kraft zusammen. Seine Stimme wurde klarer. »Da drinnen«, er klopfte gegen seine Brust, »ist alles nur noch ein blutiger Sumpf. Aber das Herz schlägt weiter! Daß eine Ruine ein so starkes Herz haben kann! Seien Sie still, Ninotschka. Ich will kein Pulver, keine Tropfen, keine Pillen. Ich sterbe mit all meinen Schmerzen, so, wie ich auch in der Schlacht gestorben wäre. Himmel, war das ein Tag, an dem man mir das Bein abnahm! Ich bin nicht umgefallen davon. Während der Feldscherer mir unten das Bein abtrennte, habe ich ein Faß voll Wodka getrunken. Das ist Globonow! Zum Teufel, weinen Sie nicht, Ninotschka ...«

Er schwieg, holte tief und röchelnd Atem. »Töchterchen«, sagte er dann heiser, »ich möchte unter einer Birke begraben werden. Ich liebe Birken ...«

Danach lag er eine Weile still da, starrte an die rohe Holzdecke und faltete die Hände. Und Ninotschka sagte kein Wort. Sie legte ihren Kopf auf die Bettkante und wartete. Globonows Gesicht wurde spitzer, fahler. Der Tod kroch in ihm hoch, das ewige Schweigen rief ihn und veränderte ihn von Minute zu Minute mehr.

Die Tür fiel leise ins Schloß. Borja war eingetreten und blieb im Hintergrund stehen. Globonow drehte mühsam den Kopf. »Bist du es, Borja Stepanowitsch?«

»Ja, Nikolai Borissowitsch.«

»Komm her. Was stehst du da herum wie ein alter Eisentopf? Komm neben deine Frau.«

Borja gehorchte und stellte sich neben die kniende Ninotschka. »Gut so«, sagte Globonow. »Söhnchen, ich sterbe. Bevor der Pope, dieses dürre Skelett, zu Mittag läutet, bin ich hinüber. Borja Stepanowitsch, du denkst an unsere Abmachung? Mein Holzbein ... und von den Rubeln darin ein Schiff auf meinen Namen ...«

»Ich habe es Ihnen geschworen, Nikolai Borissowitsch. Aber vielleicht sehe ich Riga nie wieder.«

»Schejin hat den Kurier längst nach Petersburg geschickt. Und diese Wolfsschlacht wird unvergessen bleiben. Darum wird man immer fragen: ›Was ist aus Ninotschka Pawlowna geworden?‹ Borja, du hast eine wunderbare Frau.«

»Ich weiß es, Nikolai Borissowitsch.« Borja kniete neben Ninotschka am Bett nieder. »Draußen warten sie alle«, sagte er heiser. »Die Frauen und die Männer. Alle. Sogar Lobkonow, er hat eine Hymne auf Sie gedichtet.«

»Lobkonow, dieser Narr von einem Philosophen? Eine Hymne? Auf mich?« Globonow lächelte schwach. »Ist er übergeschnappt?«

»Er hat gesagt: ›Warum soll ein Verrückter auf einen anderen Verrückten nicht ein Gedicht machen?‹«

Globonow lächelte wieder. »Ein Glück, daß ich es nicht mehr höre, wenn er es euch vorliest.«

Danach schwiegen sie wieder. Was sollte man jetzt auch noch sagen? Der Tod wartete, die letzten Minuten verrannen. Borja und Ninotschka knieten nebeneinander und hielten Globonows unruhig gewordenen Hände. Die Augen erloschen langsam, der klare, manchmal eisenharte Blick wurde trüb.

»Sollen wir beten, Väterchen?« fragte Ninotschka leise.

Globonow wandte mühsam den Kopf. »Hilft beten, Töchterchen?«

»Ich weiß es nicht. Man sagt es ...«

»Dann versuche es, Töchterchen ...« Globonow lag ganz still, als Ninotschka mit den uralten Sterbegebeten begann, die sie einst von ihrer Amme Katharina Ifanowna gelernt hatte. Es waren halb Worte, halb eintönige Gesänge, eine Litanei, die einschläferte und hinübertrug in die Ewigkeit.

Borja Tugai hatte sich erhoben und war zu dem Schrank gegangen, der in einer Ecke des Zimmers stand. Er nahm die alte Uniform und den Degen Globonows heraus, breitete die Uniform über den Sterbenden und legte den Degen zwischen die unruhigen Hände. Da wurden diese Hände plötzlich still, umklammerten den Knauf des Degens, und eine tiefe Seligkeit überzog das spitze Gesicht.

»Danke, Borja Stepanowitsch«, flüsterte Globonow. »Danke.« Danach streckte er sich, als wolle er sagen: Jetzt ist es geschafft, laßt die anderen herein, damit sie meine tote Hülle anstarren.

Globonows Augen brachen, und der Mund blieb halb offen und ohne einen Hauch.

Tugai beugte sich über den Toten und drückte ihm die Augen zu. Ninotschka küßte ihn noch einmal auf die Stirn und lief dann hinaus. Stimmengemurmel empfing sie. Die Fürstin Trubetzkoi fragte: »Wie geht es ihm?« Und Murawjeffs Baß dröhnte: »Kann ich ihm noch einmal die Hand drücken?«

Borja schloß die Tür und lehnte sich gegen das rauhe Holz. Er kam sich in dieser Minute unendlich arm und einsam vor. Und er wußte plötzlich, daß jetzt, nach Globonows Tod, das Leben in Sibirien schwerer zu ertragen sein würde als je zuvor.

Eine halbe Stunde später zogen die Bewohner von Jenjuka an dem aufgebahrten Globonow vorbei. Er war mit seiner Uniform bekleidet, hielt den Degen in den Händen, und Fürsten und Grafen, Generale und Professoren hielten die Totenwache.

Und immer mehr Menschen kamen, um Globonow noch einmal zu sehen. Es war ein Zug, der drei Tage andauerte. Burjäten, Ewenken, Kalmücken, Jakuten und Kirgisen zogen an Globonow vorbei, Frauen, Kinder, Männer und Greise. Sogar Chinesen kamen. Es waren Kaufleute, die von dem dicken Birjukow die Felle kauften, die dieser dem Zaren unterschlug. Man munkelte, daß es in diesem Jahr über fünftausend Zobel und zweitausend Füchse gewesen seien. Aber wer wollte Birjukow das beweisen?

»Eine größere Totenehrung als Globonow hat kaum ein Zar erfahren«, meinte General Schejin, der von Tschita gekommen war. Und Gouverneur Abduschej, der wegen der eisigen Stürme nicht von Irkutsk nach Jenjuka reisen konnte, richtete in Irkutsk eine Totenmesse aus und gab zu Ehren Globonows ein Offiziersessen.

An einem Sonntag, Ende Februar, wurde Globonow dann unter einer Birke begraben. Man hatte die hartgefrorene Erde in mühsamer Arbeit Stück für Stück aufhacken müssen. Der beste Schreiner der Gegend um Jenjuka hatte einen wunderschönen, großen Sarg gezimmert, den zwölf Männer trugen, unter ihnen Fürst Trubetzkoi und Graf Murawjeff. Am Grab stand Borja Tugai mit der Fahne von Globonows Regiment, die die Frauen schnell genäht hatten.

Riesige Kränze und Gebinde aus Tannen bedeckten den Grabhügel, und die Kosakenschwadron hielt sich bereit, den Salut zu schießen.

»Gott verzeihe deiner Seele«, sagte der Pope, als der Sarg in die Erde gelassen worden war. »Aus Sünde ist der Mensch gemacht, aber Gott ist da, alle Sünde von uns zu nehmen.« Er trat an den Rand des Grabes, segnete den Sarg und wollte den Weihrauchkessel schwenken, als eine Erdscholle abbrach und der Pope mit einem spitzen Schrei in der Tiefe des Grabes verschwand. Als man ihn heraufholte, stellte der Arzt fest, daß sich der Ärmste das linke Bein gebrochen hatte.

»Das war Globonows letzter Streich«, sagte General Schejin und verbiß sich das Lachen. Er blickte auf den Sarg und nickte. »Es wäre ja auch ein Wunder gewesen, Nikolai Borissowitsch, wenn du uns so still verlassen hättest.«

Drei Tage später, das Grab war zugeschaufelt und die Erde festgestampft worden, stand ein Kreuz auf Globonows letzter Ruhestätte. Ein merkwürdiges Kreuz ... Der Querbalken war ein weißer Birkenstamm, aber der Längsbalken war kunstvoll geschnitzt, mit Figuren und Ornamenten verziert. Er war einmal ein hölzernes Bein gewesen. Wer nach Jenjuka kommt, kann es besichtigen. Es steht heute noch da.

»Es waren 7349 Rubel in dem Bein«, sagte Borja zu Ninotschka, als er das Geld gezählt hatte. »Für ein Schiff reicht es nicht, aber für Mast, Segel und Takelage einer Viermastbark.« Er wischte sich über das Gesicht. »Was für eine Phantasterei! Wir werden hier von dem Geld hundert geschnitzte Kähne für den Fluß bauen können. Die Globonowflotte von Sibirien.«

»Einmal wird der Zar antworten«, sagte Ninotschka und lehnte sich an ihren Mann. Sie saßen auf der Ofenbank, und es war einer der langen seligen Abende, an denen sie zusammenbleiben durften, als gäbe es keine Verbannung, keine Hoffnungslosigkeit. Eine Nacht der Illusionen, in der einer in den Armen des anderen träumte.

»Er wird nie antworten«, entgegnete Borja und legte seinen Kopf in Ninotschkas Schoß. »Was kümmert den Zaren, ob in Jenjuka ein General von Wölfen zerrissen wird oder nicht? Man hat uns in Petersburg längst vergessen.«

Und tatsächlich, der Winter ging herum, das Frühjahr, der Sommer – es änderte sich nichts. Das Leben in Jenjuka lief seinen Gang, so, wie es der ungebrochene Wille und die Tatkraft der Fürstin Trubetzkoi gewollt hatten. Die Theaterabende waren gut besucht, der literarische Zirkel diskutierte weiter über französische Literatur, es gab Teestunden, Modenschauen selbstgefertigter Kleider, und der ehemalige Gardeoberst Schinajew komponierte eine Oper mit dem Titel *Der Atem der Erde*, die man sofort einzustudieren begann. Überhaupt war Jenjuka zu einem kulturellen Mittelpunkt geworden, der nur den Schönheitsfehler hatte, in völliger Einsamkeit der Taiga zu liegen und von Deportierten bewohnt zu werden.

General Schejin wurde ungeduldig und ritt schließlich mit einer Kosakenabteilung nach Irkutsk. Abduschej ahnte, was der Besuch bedeutete, und hob die Schultern mit den breiten goldenen Epauletten. »Keine Nachricht aus Petersburg. Der letzte Postreiter kam vor einer Woche an.«

»Ich bin gekommen«, sagte Schejin hart, »um mein Versprechen einzuhalten. In Ihrer Gegenwart und mit Ihnen als Zeugen will ich meinen Degen zerbrechen und mir die Uniform vom Leib ziehen. Hindern Sie mich nicht daran!«

»Niemand kann Sie hindern, mein Freund. Aber ich würde noch warten damit.«

»Wie lange noch, Semjon Iljajewitsch?« rief Schejin.

»Lassen Sie ein Jahr herumgehen.« Der Gouverneur goß einen Becher Wein ein, den Schejin in einem Zug leerte. »Was ist ein Jahr in Rußland . . .«

Und dann, bald nach Schejins Rückkehr, brachte ein Kurier des Zaren einen versiegelten Brief des Herrschers nach Irkutsk. Mit bebenden Händen erbrach Abduschej das Siegel und entfaltete das große Blatt aus handgeschöpftem Pergament mit dem Wasserzeichen des doppelköpfigen Adlers.

›Der Zar in seiner großen Güte hat beschlossen . . .‹

Abduschej las nicht weiter. Er sank auf einen Sessel und

legte den Brief zur Seite. Der Zar in seiner großen Güte – das war kein Befehl, es war eine Gnade.

Drei Wochen später traf der Brief, zusammen mit einer wertvollen, alten Handikone, die Abduschej Ninotschka schickte, in Jenjuka ein. Dort hatte sich inzwischen einiges geändert. General Schejin hatte das Straflager geöffnet und die Dekabristen zu sogenannten Freilebenden erklärt. Sie konnten in die Häuser ihrer Frauen ziehen und unterstanden nicht mehr der Bewachung durch Soldaten. Das bedeutete, daß in Jenjuka jetzt beinahe Petersburger Zustände herrschten: Die Fürsten und Grafen gaben Essen und Jagden, das gesellschaftliche Leben blühte noch mehr auf.

In diese neue Welt hinein kam der Brief des Zaren aus Petersburg. Noch bevor Ninotschka ihn öffnete, wußte sie, was er enthielt. Die kleine Ikone, die Abduschej mitgeschickt hatte, verriet es ihr.

»Lies du den Brief«, sagte Ninotschka mit einer ganz kleinen Stimme und gab das Pergament an ihren Mann weiter. »Lies ihn ganz langsam, Borjuschka. Jedes Wort ist wie ein Tropfen neues Blut.«

Es war ein langes Schreiben, in dem der Gardeleutnant Borja Tugai begnadigt und nach Petersburg zurückgerufen wurde. Allerdings nur als Privatmann – seine Offizierswürde war damals auf dem Platz vor der Peter-Pauls-Festung von ihm genommen worden.

›... Und so überlassen wir es Ihnen, ob Sie in Petersburg in Unserer Nähe leben wollen oder zurückkehren nach Riga, um auf dem Meere Rußlands Stärke und Ansehen zu mehren. Wir haben Ihren Vater unterrichtet, und er hat Uns seine tiefe Ergebenheit versichert. Nehmen Sie die nächste Postkutsche und kommen Sie zurück an Unseren Hof ...‹

Borja ließ den Brief fallen und umarmte Ninotschka. Sie weinte plötzlich wie ein Kind und klammerte sich schluchzend an ihm fest. »Sollen wir wirklich fahren, Ninotschka?« fragte Borja leise.

Sie vergrub den Kopf in seinem Hemd und nickte. Borja schob sie ein Stückchen von sich und nahm ihr Gesicht zwischen seine Hände. »Ich denke, du liebst Sibirien?«

»Das habe ich gesagt, Borjuschka, um dich stark zu machen. Es war eine Lüge! Jeden Morgen, wenn ich aufstand, um aus dem Fenster zu sehen, habe ich geweint. O Borjuschka, laß uns die nächste Postkutsche nehmen ... Lebte Globonow noch, was würde er sagen?«

Borja senkte den Kopf. Jeden Tag ging er hinaus zu dem Grab unter der Birke und schmückte es mit Blumen. »Er würde sagen: Lauf mein Junge, sonst trete ich dich in den Hintern, damit du schneller wirst!« Borja schluckte. »Kommst du mit mir nach Riga, Ninotschka?«

»Das fragst du noch ... wo ich mit dir in Jenjuka bin?«

Borja drückte sein Gesicht in Ninotschkas Haar. Dann glitt er an ihrer Gestalt hinunter und kniete vor ihr und begann zu weinen.

Die Abreise war ein Ereignis. Zwei Tage lang verabschiedeten sich Borja und Ninotschka von ihren Freunden. Einen Berg von Nachrichten nahmen sie mit, von Grüßen, Briefen und Berichten. Und dann brachen sie am frühen Morgen des 1. September mit einer Begleitung von zwölf Kosaken in einer Kutsche zu der langen Fahrt nach Westen auf. Niemand stand am Straßenrand, um Borja und Ninotschka das schreckliche Schauspiel von Tränen, Winken, Schluchzen und letzten Zurufen zu ersparen. Aber hinter den Fenstern und Gardinen waren sie alle. Man sah ihre Schatten, wie sie auf die Straße blickten.

Gott mit euch, Ninotschka und Borja! Gott mit euch ...

Am Grab von Globonow ließ Borja die Kutsche anhalten. Er und Ninotschka stiegen aus, legten einen Strauß Feldblumen unter das Kreuz und beteten. »Dein Name wird weiterleben«, sagte Borja ernst. »Das erste Schiff, das ich baue, wird ›Globonow‹ heißen.«

Dann fuhren sie weiter, eine Gruppe kleiner Reiter auf struppigen Pferdchen – die Burjäten der Nachbarschaft – begleiteten sie ein Stück des Weges und verabschiedeten sich dann mit einem wilden Galopp und schrillem Schreien. Was blieb, war Stille. Diese unendliche Stille der Taiga, die Borja und Ninotschka begleiten würde über Monate hin.

An diesem Tage ging die Sonne blutrot unter, und da sie nach Westen fuhren, zogen sie geradewegs in diese flammende Pracht hinein. Das ganze Land war rot – Himmel,

Wälder und Erde. Borja legte den Arm um Ninotschka. »Noch können wir umkehren«, sagte er heiser.

Sie schüttelte den Kopf und legte die Hände über die Augen. »Sei still.« Ihre Stimme schwankte. »Ich flehe dich an, Borjuschka, sag kein Wort mehr! Ich bin sonst nicht mehr stark genug, nein zu sagen.«

Die Kutsche rumpelte weiter. Auf dem Bock saß Miron Fedorowitsch und sang mit rauher Stimme ein Lied.

Auf dem Silvesterball des Jahres 1830 kniete Ninotschka Pawlowna vor dem Zaren – eine der schönsten Frauen von Petersburg, umwoben von Legenden und abenteuerlichen Geschichten. Tausend Augen starrten auf Nikolaus I.

Da beugte sich der Zar zu Ninotschka hinunter, und zog sie zu sich hoch. »Freuen Sie sich mit Uns«, sagte er laut, so daß alle im Saal es hören konnten. »Der Zar von Rußland grüßt die Herrin der Taiga. Madame, der erste Tanz gehört mir.«

Das Orchester spielte die Silvester-Polonaise. An der Hand des Zaren eröffnete Ninotschka den Ball. Sie tanzte gelöst und glücklich. Vor einer Stunde hatte der Zar ein Dekret unterzeichnet, das die Deportierten von Jenjuka begnadigte.

Am 19. Mai wurde Ninotschkas erstes Kind geboren. Es war ein Junge. Sie nannte ihn Sibiriak und legte ihm bei der Taufe die kleine Handikone auf die Stirn, die General Abduschej ihr geschenkt hatte.

Es war eine merkwürdige Taufe, die erste dieser Art in Riga. Denn sie fand nicht in einer Kirche statt, sondern auf einem neuen Schiff, das man gerade zu Wasser gelassen hatte und das ›Globonow‹ hieß.

Es war das schönste und stärkste Schiff, das in der Reederei der Tugais jemals gebaut worden war. Borja hatte sein Versprechen gehalten.